国际大奖儿童文学 **美**绘**插画**版

牧牛小马
斯摩奇

[美]维尔·詹姆斯 著　　杨维芹 译

四川人民出版社

作者简介

维尔·詹姆斯

维尔·詹姆斯（1892—1942），美国著名作家、纽伯瑞儿童文学奖获得者，一生中共出版24部作品，并为其创作了插图。1927年凭《牧牛小马斯摩奇》获得美国纽伯瑞儿童文学金奖。

维尔·詹姆斯，出生于加拿大魁北克，15岁时，他独自闯荡美国，从事过多种职业。他从小喜爱绘画，还曾以卖画为生。1922年开始，他陆续出版了几本书，然后用稿酬在内华达州买了一个小牧场。在这里，他写出了其代表作《牧牛小马斯摩奇》。

　　《牧牛小马斯摩奇》讲述了牧牛小马斯摩奇的传奇一生。斯摩奇是一匹出生于荒原的野马，生性聪颖，崇尚自由，过着无拘无束的生活。后来，斯摩奇渐渐长大，被一位牛仔捕获，遇到了驯马师克林特，它在克林特的引导下学习赶牛的本领，成为一匹出色的牧牛马。机智聪敏的斯摩奇很快就名噪一时，也因此引来很多人的觊觎。有一天，斯摩奇被偷走了，在随后的日子里，随着主人的几经更换，它变成了竞技马、骑乘马……

　　在这个故事中，作者细腻地展现了斯摩奇的生活场景，充满了美国西部风情，刻画了牛仔克林特与斯摩奇之间深厚的友情，并且反思了人类与动物之间互相冲突又互相依存的关系。

　　斯摩奇的一生中经历了种种冒险，无论去什么地方，无论做什么事，为了生存，它没有束手就擒，总是用尽一切办法去打败任何敌人，始终没有放弃它一直信仰的自由。斯摩奇那永不放弃的精神极大地鼓舞着孩子向着光明，向着目标，勇敢地前进。

国际大奖儿童文学

目录
contents

纽伯瑞儿童文学奖

诺贝尔文学奖

国际安徒生奖

卡内基文学奖

大师经典　世界名著　不朽之作

给孩子优质的文学滋养，给孩子精彩的全球视野，给孩子无穷的生命启迪。

微信扫描上方二维码，

即可获得更多线上数字资源，

徜徉更加广阔的文学世界！

第一章　草原上的小马驹

一个春日的清晨，在草原深处一个向阳的山坡上，一匹全身黑得发亮的小马驹出生了。大自然母亲似乎也非常喜欢这匹小马驹：把金色的阳光泼洒在它的身上，那么温暖；派出小风当使者，轻轻地掠过它的耳朵。小马驹感觉舒适极了。小马驹柔弱的、细长的腿还在微微地颤抖着。它努力地平衡着身子，摇摇晃晃地站了起来。它的视力还不是很好，只能看到眼前的一片小草。偶尔两声清脆的鸟鸣掠过耳膜，像美妙的音乐。小马驹能看到的、能听到的、能感受到的一切，都美好极了。

这匹小马驹直到四岁才有了自己的名字——斯摩奇，意思是"烟灰色"。这名字是一个驯马师给它起的，那时它的毛变成了灰褐色，但驯马师给它起名叫"烟灰色"，意思是它快如一阵烟，来也如烟，去也如烟。那时它已经是一匹十分出色的牧牛马了。不过这名字并不适合现在的它，因为现在它的毛是乌黑的。让我们先以"斯摩奇"来称呼它吧！

此时的斯摩奇，只是一匹属于草原的小马驹。陪伴它度过生命中

第一个清晨的，不是对它大呼小叫、让它站稳的人，而是它的妈妈。这里没有其他的马，只有它的妈妈。它的妈妈在干什么呢？这时的它，顾不得产后自己的身体还很虚弱，正在给孩子当警卫——它扑闪着美丽的大眼睛，竖起耳朵，转动着头，正万分警惕地注意着周围的一切。

小马驹颤颤巍巍地站着，翕动着鼻孔，闻着妈妈的前腿。妈妈有点不习惯，想要躲开，于是失落的小马驹发出嘶鸣声。这来自孩子的第一声嘶鸣，让它猛然记起，自己已经是一位母亲了。于是，它满心愧疚和喜悦地对孩子的动作做出回应，它靠近了一些，轻轻地蹭着小马驹。小马驹又闻到了妈妈的味道，这让它很开心，它把头又昂起了两厘米，用它发出的嘶鸣声回应了妈妈。在那奇怪的嘶鸣声里，这位马妈妈的心，瞬间酥软并融化了……

斯摩奇的生命就这样开始了。没过多久，它就能用耳朵捕捉妈妈的声音，确定妈妈所在的位置。它的视力还是有些模糊，有什么东西在离它一英尺（1英尺=30.48厘米）的地方闪过，它也没看见。直到那个东西又离它更近了一些，它才注意到它。它什么也没想，就凑上前去闻了闻。它猛然间想起了什么，对，这是妈妈的腿，这就是它从出生的时候就刻印在大脑里的味道。它为自己能闻出妈妈的味道而欢喜，竖起耳朵，翕动着鼻孔又叫了一声，这一声比第一次的叫声更清脆了。斯摩奇太高兴了。它挣扎着想要再次站起来，但是它力气还有点小，于是，它费力地撑起身子，让肚子先离开了地面，想歇一会儿再继续努力。但是它的一条前腿不听使唤地打了个颤，弯曲了下来，然后它整个都倒在了地上。

它大口大口地喘着气，妈妈在一旁嘶鸣着，给它鼓劲儿，有谁能知道母亲的鼓励是多么神奇呢？斯摩奇的头再次昂了起来，四肢跟之前一样叉开，真可惜，它这次摔得更重了。它失败了一次又一次，不断地用身体和头脑积累着经验，像个专家一样，观察周围的小草，闻着大地的味道，看着自己的四肢，似乎想弄明白自己这四条腿怎样才能一条条地站起来。它的妈妈满怀期待地围着它绕圈，有时用鼻子推它一下，有时用马语和它交流着，告诉它不要着急。

初春时节的空气是最好不过的礼物，斯摩奇感受着草原上生机勃勃的气息，视力越来越清晰，力气也积聚得越来越快，听觉也越来越敏锐了。

不远处，成群的小牛犊正在嬉戏着，这些脸上长着花斑的小伙伴对着自己的妈妈大声嘶喊着，快活极了。它们的大眼睛水汪汪的，闪烁着愉悦的光芒。

有些大一点的小马驹正在小牛犊旁边玩耍，草地几乎被它们掀了起来。它们早已度过了斯摩奇正在经历的无助时期，不过它们出生时可没斯摩奇这么幸运：草原上要么是白雪覆盖、滴水成冰，要么是冰冷的春雨正肆无忌惮地向大地飘洒着，寒意侵骨。斯摩奇的妈妈早在觉察到自己即将生产时，就悄悄离开了马群。它走了很远的路，才找到这个向阳的山坡。它想和自己的孩子单独在一起，全心全意地照顾它，而懒得去管那些好奇心强的大骟马或者是眼红它的小母马。

斯摩奇的妈妈是一匹纯正的草原马，它的身上流淌着野性的血液，有着很强的生存能力。严冬时节，当积雪覆盖了牧场时，它能判断风的方向，知道高山上哪些地方的积雪会被风吹走，或融化得更早一些，最先找到食物；干旱时节，青草变成灰色，枯萎了，小水潭干涸了，它能够嗅到空气里流淌着的湿气流的方向，找到能喝到水的小

河。美洲豹和恶狼会在那片高地上出没，窥视着它，等着它，但是它总能冷静地观察情况，在千钧一发之际脱险。

斯摩奇应该遗传了它妈妈的生存本能，不过它还小，并不懂得观察情况、应对敌人，它现在的任务是研究怎样才能站起来。把四条腿并拢在一起吗？这很容易做到。把身体里的力气都积聚到蹄子上吗？它也做到了。不过，它还是缺少一些经验，每次把四肢挺直的时候，都会突然发软，再次打战，弯曲，倒下。不管怎样，它又站了起来，尽管四肢颤抖得厉害，但这一次它非常努力地想稳住自己。妈妈似乎为了奖励它，走到它身边，用鼻子轻轻闻着它的气味，它也学着妈妈的样子，闻了闻妈妈的气味。是生命的本能让它找到了妈妈的乳头，是乳香味吸引了它，它第一次吮吸了妈妈的乳汁，汲取了生命中的第一份养料。它感觉自己的胃变得暖暖的，确信自己又有了无穷的力气，吃得很欢实，却一不小心弄疼了妈妈的乳头，它的妈妈再次警觉起来，想要挣脱它，但是它很快记起这是自己的孩子，自己已经做了母亲。它抖了一下头，蹭蹭儿子的头，安抚着它，又恢复了平静。

斯摩奇喝了妈妈的乳汁，身上有了力气，站起来就不再是什么难事，之后它的小蹄子仿佛着了魔一般，不肯停下来，它踏遍了草原的角角落落，它跳跃着走上了两英尺的"高山"，翻越了六到八英尺的"峡谷"。最任性的一次，它跑到了离它妈妈有十二英尺远的地方。它好得意，四处张望着，那个吓人的东西是什么？是野狼？是猛虎？斯摩奇什么都不认识。其实那只是一块面目可憎的岩石，它吓得浑身打了一个激灵，嘴里发出嘶鸣声。可是很快，它勇敢地踢了怪物岩石一脚，然后，它不顾蹄子上隐隐的疼痛，再次狂奔起来。又跑过一块怪石，它以为怪石在追着自己，再次害怕，再次狂奔，直到再也迈不动脚步才停下来。它甩着尾巴，低着头，很累，但是它觉得很快乐。这时，它生命中的第一次日落就在西方的天空上演绎着，硕大鲜红的太阳慢慢地变成金黄色，坠落到那蔚蓝色的山脊后面去了。

斯摩奇伸展着四肢躺在软软的草地上了，立即进入了甜美的梦乡。星星们陆续散场，东方的天空渐渐发亮，勇士们追逐了一夜水牛，也都休息去了。斯摩奇在梦中惊醒后，迷迷糊糊中又找到了妈妈的乳头，又饱饱地吮吸了妈妈温暖的乳汁。它再次睡着了。它错过了生命中的第一次日出——这时候，一轮红日正从东方天空上冉冉升起。当太阳高高挂在天空时，斯摩奇醒了，它的一只耳朵动了一下，另一只耳朵也动了一下，它半闭着双眼，吸了一口气，伸展一下身体，睁大了双眼。它的妈妈呼唤了一声，这一声呼唤终于让它清醒了，它昂起头，尽量避开强烈的阳光，朝四周看去，它站起来了，新的一天就这样开始了。

这是斯摩奇一生中最难忘的一天，它和妈妈一起踏上了去往南方的旅程，斯摩奇快活极了。几棵树站立在远方，仿佛在欢迎它们的到来。它们加快了脚步，一泓清泉在阳光下发出银色的光芒，潺潺的流水声远远地传来。斯摩奇的妈妈多么想喝上一口清甜甘美的泉水呀！但是好像有什么不对劲儿，它一会儿嗅嗅青草，一会儿又听听风声，一会儿又回头张望，等着儿子跟上自己，一会儿又竖起耳朵瞪大眼睛，努力地观察着周围。

有什么危险吗？有！一只小棉尾兔蹦蹦跳跳地出现在斯摩奇妈妈的视线里。小棉尾兔也吓坏了。它一看见斯摩奇像个大黑怪物一样的身影就吓坏了。它在原地呆呆地站立了一秒，一动也不敢动。它想找一个洞钻进去，却忘了这里并不是自己的快乐老家。斯摩奇低着头看

了看小棉尾兔，也有些发蒙，因为它从来没见过这种小动物，它弄得自己脚下痒痒的。小棉尾兔开始没命地东窜西窜，弄得那些高草东倒西歪，刮到了斯摩奇的肚皮，它觉得很痒，就奔跑起来，其实它一直在等待一个奔跑的理由。

泉水之上，光芒在跳舞，泉水边上的冰碴发出"咔咔，咔咔——"的声音，斯摩奇看着妈妈喝了一口又一口泉水，喉咙里发出"咕咚咕咚"的声音，甩着脑袋，摇着尾巴，仿佛喝水是一件十分美好的事。斯摩奇用鼻子嗅了嗅，没有喝，因为它觉得泉水一定不如妈妈的乳汁甘甜。泉水边，青草长得格外好，但是斯摩奇也毫不在意，只顾着快活地奔跑在草地上。

它喜欢到杨树林里去，虽然那里有让它害怕的大树桩，这次一个比大树桩更可怕的东西盯住了它，这是一只丛林狼。丛林狼躲在小枯树的后面，密切地观察着斯摩奇的一举一动，小马驹那带着奶香的气息让丛林狼口水直流。它盼着小马驹能够离它妈妈更远一些，这样它就可以扑上去……

过了一会儿，丛林狼对观察小马驹玩耍失去了耐心，它抽了两下鼻子，第一次离开了藏身的地方，慢慢地跑到一个更远的、更能看清楚小马驹的地方。不过当它能看清楚斯摩奇时，斯摩奇也看见了它。

"这是一个树桩吗？这好像是会动的树桩啊！真有趣！"斯摩奇心里这么想着，不禁热血沸腾，它低下头，晃着尾巴，迈着碎步，向丛林狼跑去。

"哈哈，还有这好事？"丛林狼顿时心花怒放。但是它是一只非常狡猾的狼，懂得控制局面。它在小马驹距离自己只有几英尺的距离时，突然抬腿就跑。这更激起了斯摩奇的好奇心，它跑得更快了。丛

林狼一边跑一边感觉喜悦要在自己的胸腔里爆炸了，它想："只要能引着小马驹越过前面这个小山脊，就离开它妈妈的视线啦，到时候，我就可以美美地吃上一顿小马肉喽！"

"好玩，真是太好玩了。"斯摩奇心里想着，继续追逐着。它有点害怕遇上危险，但是好奇心又让它停不下来。等它气喘吁吁地翻过山脊，才感到危险的气息越来越浓烈。丛林狼就在等着这一时刻的到来，它听见小马驹停下脚步，便猛然转身，扑向斯摩奇的喉咙……

斯摩奇继承了它妈妈和美洲豹作战时的勇敢和敏锐——它用比闪电还快的速度腾空跃起，使丛林狼的美梦立即破碎——它只咬到了小马驹的下巴。斯摩奇也为自己的好奇付出了沉重的代价，它的下巴流血了。它真想一脚踢开丛林狼，却再次惨遭丛林狼的毒牙撕咬，后腿肌腱上传来一阵剧痛，使它尖叫了起来……这尖叫声是斯摩奇发出的第一个求救信号，与此同时，它听见了妈妈回应它的嘶鸣声。它简直不敢相信自己的眼睛，觉得发生了奇迹——妈妈像从天而降一样出现在山脊上，它的耳朵抖动着，牙齿闪着光，疾驰而下。"咚咚咚，咚咚咚……"马蹄声像鼓点一样密集，踩踏着大地，大地仿佛要裂开一样，尘土飞扬，打斗开始了。丛林狼的黄色皮毛在四处乱飞，它被追得屁滚尿流。追逐战开始了。丛林狼因为熟悉这里的地形，很快占了上风，它翻过第二个小山脊，一眨眼的工夫就不见了踪影。

第二天早上，太阳红通通的，光芒万丈，斯摩奇还有点怕阳光，它半闭着眼睛静静地晒着太阳，和它身旁的大石头一样安静。后腿上隐隐的疼痛让它立刻想到昨天的事，它想要忘记那个会动的大树桩，但是又怎么忘得了？值得高兴的是它再也不会傻傻地分不出树桩和狼了。

斯摩奇出生有两天了，它变得越来越强壮，这使它生出豪迈的想法，觉得自己跑到天边都不会觉得累。几个小时后，它和妈妈又上路了，这一次它很乖巧，紧紧地跟在妈妈的身后，它受过伤的后腿也在奔跑中渐渐舒活起来。它的好奇心再次大爆发，使它在旅途中获得了数不清的乐趣。

当太阳快下山时，妈妈停下来吃草，斯摩奇躺下来休息。它不知道自己要去哪里，也不知道妈妈在想什么。不过，第二天，天放亮的时候，它不想这么无休止地奔跑了，它赖在地上不肯起来，但是看着妈妈那焦急的眼神，只好又乖乖地站起来上路了。

它们越过高山，蹚过河水，终于到达目的地了吧，因为它妈妈先是在小溪里喝了水，又到杨树林里吃起了草，似乎没有再赶路的意思了。

斯摩奇高兴极了，因为连日的奔跑使它感到特别疲惫，毕竟它才出生没几天。这会儿，它躺在刚冒芽长叶的杨树下，沉沉地睡着了。白天还是呼呼大睡，偶尔醒来，迷迷糊糊地吃点奶又继续睡。一只小鸟在它身上走来走去，一会儿啄一下它，可是它也不愿意醒来。天快亮的时候，它觉得自己更强壮了，眼睛也不那么怕光了。

伴着清晨的曙光，妈妈发现了一群马，它们正漫步着找水喝。妈妈认出了它们，于是发出一声嘶鸣。斯摩奇立即扭头看去。呀，它们全都长得跟妈妈一样，而且有好多好多呢！本能告诉它这并不危险，它好奇地看着这庞大的一群马，像小孩子在动物园里看猴子一样专注。

领头的几匹马最先发现了斯摩奇，马群里立即骚动起来。马们迅速地围拢起来，对新来的斯摩奇和它的妈妈表示欢迎。斯摩奇的妈妈警告马们不准靠近小马驹。斯摩奇不知道发生了什么，它膝盖发抖，

眼神里透着恐惧。妈妈紧紧地挨着它，这让它觉得很安全。一匹勇敢的大骟马走到它面前蹭了一下它的鼻子，妈妈咬了一口大骟马，斯摩奇很想自己咬上一口，好让妈妈高兴。就这样，马群变得更乱了，你追我咬，一小时过去了，它们还没玩够呢。

就这样，马们和斯摩奇开始以这种方式互相介绍认识。妈妈一直守在自己身旁，斯摩奇不担心自己受到伤害。最后，一匹鹿色马成了斯摩奇的保镖，负责跟着它，陪它玩，和它妈妈一起守护它。鹿色马非常厉害，能击中对手的肋骨，在对手油光发亮的皮上留下一道道牙齿咬过的痕迹，它还能拽掉对手的鬃毛，它本来就是这一群马的头目，成了斯摩奇的监护者，地位仅次于斯摩奇的妈妈。

这匹鹿色马的年纪可不小，它的身上伤痕累累，记载着它作战的光辉岁月。它现在就有这样几个乐趣：一个是在冬天找到有草料的地方，一个是在夏天找到阴凉的地方，一个是在春天里和新出生的小马驹无忧无虑地玩耍。

斯摩奇的妈妈肯定比鹿色马更会玩，但是它是一位非常有责任心的妈妈，它不主动和斯摩奇玩，它要去找优质的草料，吃得饱饱的，这样才能够给它的孩子提供充足的奶水。鹿色马就这样"乘虚而入"了。

斯摩奇很快就和鹿色马熟悉起来，鹿色马喜欢装着去咬斯摩奇的肚子，斯摩奇很认真，会毫不留情地用脚踢它。接着，老马跑，小马追。这么简单的游戏，它们却玩了很久，很开心。斯摩奇的妈妈观察着鹿色马，等斯摩奇很累的时候，它就会将耳朵向后一收，警告鹿色马不要再靠近斯摩奇。

几天后，鹿色马发现斯摩奇很有主见，它会主动跟别的马玩，鹿色马这时又成了斯摩奇的保护者，很快，别的马都来靠近斯摩奇。斯摩奇可厉害了，它凶巴巴地追赶着这些马，毫不留情地踢它们，弄得那些大马很害怕它，好像遇见魔鬼一样忙着逃命。

两个星期后，斯摩奇就不再是鹿色马的宠儿了，因为鹿色马被一匹刚出生的小马驹迷住了。斯摩奇才不在乎，它也有了很多大马朋友、很多小马朋友，照样玩得很开心。它也不再那么任性地欺负那些喜欢它的马了。它变得更加友善、自由，也更加勇敢了。它喜欢春天，因为草好吃，花好看，水很甜，鸟叫声格外清脆。斯摩奇现在变得更加健壮了，已经成了一匹在草原上生活了很久的小马，它喜欢在天热时喝凉凉的水，觉得特别幸福，也不再怕丛林狼了。

有一天，它发现了一只黄色的动物，不知道是什么，好奇心强，就跟着它走了很远。那只动物意识到了它的追踪，敏捷地跳进柳树林中，只剩下半条尾巴露在外面。斯摩奇闻了闻，发现这只动物没有动，觉得不太危险，就又往前凑了凑，结果呢，它大叫一声，打了个响鼻——因为它的鼻子被四英寸（1英寸=2.54厘米）长的豪猪刚毛刺伤了！不过，它很幸运，如果刺到鼻子深处或者更接近眼睛的地方就危险了，因为那里的伤口不容易恢复，它有可能为此丢掉小命。对斯摩奇来说，这无疑又积累了一份生存经验。

几天后，它又去追逐一个脸上长着白花斑的小牛犊。它们互相瞅来瞅去，很快熟络起来，斯摩奇觉得小牛犊很温柔，和它一样，小牛犊也对什么都好奇。它们追逐着、嬉戏着，在一起真是快活。等牛妈妈呼唤自己的孩子时，斯摩奇也弓背跃起，向着妈妈和马群所在的方向跑去。

第二章 两条腿的怪物

漫长的春季过去了，温暖的夏季到来了。原野上的积雪全都融化了，只是在一些高峰上和深谷里还有少量的残雪，在太阳底下泛着银光。那么，融化的雪水去哪儿了？它们汇成一条条清澈的小溪，唱着欢快的歌奔向山脚去了。

青草变得更茂盛了。斯摩奇吃着美味的青草，会忽略不计苍蝇围绕在身边的烦恼。它的妈妈擅长找阴凉的地方，所以，当太阳像个小火球一样在天上喷火时，斯摩奇早就躲在弯曲的松树荫下乘凉了。风从它的背上吹过，那种凉爽的感觉，真是太美了。那些松树总是长在一些岩石又多又崎岖不平的高地上，这里是斯摩奇的乐园。这种不好走路的地方正好锻炼了它的腿部力量，让它骄傲得不行。它的四条腿不再颤颤巍巍，而是变得粗壮、结实。小马蹄上原先那层粉色的软膜已经蜕掉了，长出了一层钢一般坚硬的钢灰色的厚壳。它现在擅长跳跃，跳得迅速、稳当。

在一个碧空如洗的上午，斯摩奇正在岩石间跳跃玩耍，突然，它看见不远处的一个大树桩上有一个粉色的小毛球，不禁惊喜万分，拔腿就跑。越来越近了，它就要跑到跟前了，忽然，小毛球发出低低的吼叫声，滚下树，飞快地逃走了。斯摩奇稍微愣了愣，又飞跑着去追，它太想看看这个有趣的小毛球到底是什么东西了。突然，"轰隆"一声巨响传来，它的右前方立即变得尘土飞扬，接着，一个圆溜溜的棕色大脑袋从灌木丛中冒出来了。它的大圆脑袋上，两只小眼睛闪闪发光。它张开长满白森森的长獠牙的大嘴巴，发出震耳欲聋的怒吼。斯摩奇吓蒙了，转身就跑。那可怕的大圆脑袋似乎没追上来，但是它不敢停下来，更不敢回头看。

跑！只有跑到妈妈的身边才是安全的。

终于穿过了丛林，到了开阔地带。它的心还在"怦怦"地乱跳，还在想着那个粉色的小毛球到底是什么东西。其实，它就是一只小动物，那个可怕的大圆脑袋是小动物的妈妈的，它是怕斯摩奇伤害它的小宝宝，情急之中，推掉了一块巨石。

在一个异常炎热的中午，斯摩奇跟在妈妈身后尽情地玩耍着，突然不知从哪儿传来一阵"咝咝"的声音。妈妈就像被什么东西打了一下一样，一下子跳到路边。斯摩奇虽然心里很纳闷儿，但是也本能地跟着妈妈跳到了路边。这时，它才看见小路左前方大约一英尺的地方，一个长长的东西正在蠕动着。如果刚才没跟妈妈跳开，那长东西几乎就能咬到它的脚了。这个长东西分明早就看见它们了——它正一圈圈地盘起身子，做出一副高度戒备的姿态。斯摩奇很讨厌这个暗黄色的长东西，它淘气地冲着它喷了个响鼻，它的妈妈很着急，嘶鸣了一声，警告它不要靠近，要赶快走开。斯摩奇看到长东西一摆头闪躲自己，十分开心，它立刻跑开了。从此，它牢牢地记住，下次再听到"咝咝"声一定要像刚才那样迅速地跳开。

斯摩奇在这片原野上愉快地生活着。它一边跟着妈妈学习一边积累经验，每天都在进步。丛林里、原野上哪里有些什么动物，它都知道得清清楚楚。偶尔它也会受到一点小擦伤，但那在它眼里都不算什么。它的毛皮变得越来越坚韧厚实，它的反应也越来越机敏了。

斯摩奇很乐观，也很好奇：偶尔有树枝折断，它的耳朵就像被针扎一样竖起来仔细地听；要是遇到獾，它会一路跟踪，一定要看看獾怎么在地上打洞；它会围着一棵树转来转去，看看长着毛茸茸的大尾巴的小松鼠怎么爬上树，直到把那个小家伙吓得胆战心惊，逃得无影无踪才肯罢休；遇到臭鼬，它也想跑上去看个清楚，但是那个东西突然向它喷出一股臭气，让它又难受又厌恶。

没多久，斯摩奇就和原野上的各种动物都打过了交道，除了狮子等凶猛的动物。它的妈妈一旦觉察到这种危险的动物出现在附近，就会立刻带着它飞快地跑开，或者来不及跑，就赶快找个地方躲起来，大气也不敢出，一直等到这些家伙确实走远了才敢走出来。

这些都是小冒险，不过，在斯摩奇四个月大的时候发生了一件大事。那天午后，一切正常，整个马群都在一个峡谷中的树荫下安安静静地乘凉。斯摩奇站在妈妈身边，小尾巴像钟摆一样摆动着，驱赶着那几只讨厌的苍蝇，享受着阵阵微风带来的清凉和舒适，听着风吹树枝发出的摇篮曲似的声音，渐渐地，它进入了甜蜜的梦乡，妈妈也睡着了，所有的马都睡着了。

迷迷糊糊中，斯摩奇突然听见一匹马发出了一声嘶鸣，很快，所有的马都醒了。它们立刻分散逃开，峡谷里顿时尘土飞扬。斯摩奇也受了些惊吓，不过它已经清醒过来，一直跟着马群跑。它并不清楚发生了什么事，也顾不上去想，所有的马都翘着尾巴努力狂奔，斯摩奇渐渐忘了危险，觉得好玩极了。它们翻过山坡，越过石头，飞起的马蹄踩碎的小碎石撞到了大石块，大石块又撞到了枯树枝……

这是什么情况？有经验的大马们都知道发生了山崩。虽然山崩的速度快如惊雷，但是这时它们早已跑到了峡谷底部的安全地带，渐渐地放慢了脚步。崩裂的碎石、泥土、枯树枝在峡谷底部积了厚厚的一层。

直到这时候，一直跟着马群狂奔的斯摩奇才有时间往身后瞟一眼，这一眼，让斯摩奇惊恐万状——它看见了一个从未见过的怪物！这个怪物挺起身子，两条后腿骑在一匹马的背上，两只前爪在不停地挥舞着……斯摩奇一阵心慌，明白过来，马群突然没命地逃跑的原因，正是受到了这种两条腿的怪物的驱赶。

妈妈在逃，其他马也在逃，就连最强大最善战的领头马都在逃，这一切给斯摩奇留下了深深的印象——这种两条腿的怪物太厉害了！明显不同于一般动物，没有一匹马敢停下来和怪物争论，面对这种怪物时，马们唯一能做的就是尽量远远逃开。

但现在它们似乎逃都逃不开——骑在马背上的怪物一直紧紧地跟在马群后面，最终，怪物把整个马群都赶进了一个大围栏里。斯摩奇又看见了一件怪事——以前看见的树都直直地向上长，可是这围栏上有的树竟然是向两边横着长！它不明白这是怎么回事，但是它知道自己逃不出这个围栏。整个马群在围栏中乱转了很长时间，斯摩奇也一直紧挨着妈妈，跟着马群乱转。这些马一边转，一边惊恐地嘶鸣着。突然，传来围栏大门关上的声音，这些马停止了嘶鸣，它们又惊又恐，斯摩奇一转身，又看见了那个两条腿的怪物。

这时，它才看清这个怪物的样子：这怪物全身披了一层坚硬的厚壳，露出一小块黑黑的皮肤，长着鼻子、眼睛。怪物正从马背上跨下

来，那是一匹与斯摩奇完全一样的马，只是背上被放了一块什么硬东西。怪物鼓捣了一阵，卸下了那块硬东西，那匹马傲慢地抖了抖身子，神气地向围栏里的马群走来。

斯摩奇非常紧张地看着这一切，生怕看漏了什么东西。它非常勇敢——当被怪物骑过的马走过它身边的时候，它竟然伸出鼻子到它汗淋淋的身上闻了闻，想找到一些有关那块硬东西的线索，却什么也没找到，这让它更加疑惑了。它只好把注意力转移到两条腿的怪物身上。这时，它看到了太过神奇、太不可思议的事——怪物的两只前爪动了动，一条黄莹莹的小火苗就冒了出来，接着，怪物嘴里冒出了烟。这是怎么回事呢？夏天，斯摩奇看见过天上的闪电，也看过林中的山火，这些已经让它无法理解了。但是，现在这个怪物所做的事情似乎比闪电、山火更加神奇，更加不可思议，斯摩奇惊呆了。

过了一会儿，那只刚才弄出小火苗的爪子拿了一捆绳子，挽了个圆圈。接着，这个两条腿的怪物拿着绳圈，又向马群走来，马们再一次惊慌得四处逃窜。顿时，围栏里尘土漫天，乱成一团。斯摩奇听到绳子在空中发出的"嗖嗖"声，急忙低头躲避，最后，绳圈越过它的头顶，套上了一匹马。那匹马立即无力抗争，被怪物牵到那堆硬东西旁边。怪物吹着口哨，给那匹马背上放了一块硬东西，紧跟着跨上那匹马的后背。接下来，斯摩奇第一次看到了自己的同类和两条腿怪物的搏斗。

这场搏斗可让斯摩奇大开了眼界。在马群里，妈妈也会和它玩，但不是像现在这样玩的。现在，这匹马显得无比狂暴和恐惧，它拼命地弓背跳跃，只想把骑在背上的怪物甩下来。斯摩奇知道，自己的同类正在拼尽全力与怪物抗争，心里紧张极了。突然，那匹马发出了一

声凄厉的嘶鸣声，斯摩奇打了个寒战，上次自己被丛林狼咬住后腿肌腱时发出的也是这样的嘶鸣声。现在，与怪物抗争的同类发出这样的嘶鸣声，这意味着什么？斯摩奇目不转睛地观看着这场战斗，看着那匹马从开始疯狂的腾跃，渐渐变为一般的跳跃，直到最后筋疲力尽完全停下来……它的内心充满一种难言的失落。

怪物跨下马背，打开围栏门，把那匹马牵进围栏，然后又关上门。怪物满脸轻松，跨上另一匹马。那个同类毫不抗争，只是乖乖地任由怪物骑在背上安安静静地走路。它们的身影慢慢地消失在斯摩奇的视线之外……

斯摩奇看到的这个神奇得可怕的两条腿的怪物就是一个人，一个整天骑马牧牛的牛仔，怪物身上的那一层坚实的厚壳是一层皮革衣裤，放上马背的那一块硬东西是一副马鞍。

直到两条腿怪物走远了，斯摩奇才回过神来，它仔细瞧瞧这个关着自己的围栏，和妈妈碰了碰鼻子，开始自己到处走动，到处探查。围栏是用很多粗大的树干做成的，树干缝隙中挂着长长的马鬃毛，表明这里曾经关过很多很多马。斯摩奇在地上闻到某些气味，想起了小时候遇见的那个小牛犊。所有的一切，都让斯摩奇更加惊疑不安。

斯摩奇壮起胆子，想去闻一闻大门上挂着的皮套裤，突然又见前方尘土飞扬，又有一群马朝这边狂奔过来了！让斯摩奇大为吃惊的是，这一次，竟然有六七个两条腿的怪物！它们骑着马在后面紧紧地追赶马群。斯摩奇急忙跑回妈妈的身边。它眼睁睁地看着怪物们把那一群马也赶进了一个围栏里，顿时又是一片尘土飞扬，一片慌乱的马蹄声，一阵惊恐的嘶鸣声。不过，斯摩奇在慌乱之中还有些高兴，因为它觉得又多了一些同类，自己就可以藏起来，不被怪物发现了。

事实上，斯摩奇真的在马们都惊恐乱窜的时候找好地方躲起来了。马群稍微安静下来，斯摩奇就透过马腿之间的缝隙，看见了那些两条腿的怪物。它们在不远处燃起了一堆篝火，把长长的铁条插入火堆中，不知道要干什么。不久，马群又是一阵慌乱，很多马都喷着响鼻，惊恐地乱窜，最后怪物们把好多马都赶进了另一个围栏。先前的这个围栏里，只剩下了五十多匹和斯摩奇差不多大的小马驹，还有几匹默默无声的老母马。

斯摩奇听着怪物手里的绳子发出"嗖嗖"的声音从身边飞过，感到无比恐惧和不安，不知道到底会发生什么事。虽然怪物的绳索暂时还没套住自己，但那些被套中的小马驹发出的凄厉的嘶鸣声一样让它内心的恐惧感有增无减，它倾尽全力，想逃到绳子够不着的地方，但是怪物的绳子几乎无处不在，它逃不掉了。终于轮到自己了，"嗖嗖"响动的绳子像毒蛇一样缠住了它的前腿，斯摩奇竭尽全力地嘶鸣一声，倒在地上。两条腿的怪物立刻围拢上来，把它的四条腿都捆绑起来。

一个怪物的爪子碰到了斯摩奇，一种将被杀掉的恐惧紧紧地攫住了它。不过它见过很多世面，并没有晕倒，而是勇敢地目睹了接下来发生的一切：一个怪物拿着红通通的铁条，跑到它身边。斯摩奇还没想明白这是怎么回事，立刻闻到了一股焦煳味，这时，它才明白是自己的毛和皮被铁条烧焦了。斯摩奇完全被恐惧所笼罩，忘记了皮肤被灼烫的痛。这一切发生得很快，斯摩奇的四条腿被松开了。它急忙起身跑回马群。从此，它的左腿上就多了一个记号：摇R。这表明它归属于"摇R"一队。

所有的小马驹都被烙了印记，原先被赶出去的那些马又被放回围

栏。小马驹们都找到了自己的妈妈，让斯摩奇没想到的是，怪物们最后竟然又把所有的马都放出了围栏！太阳依然红艳，风依然调皮，马们又自由了，又能在山林中、平原上自由地奔跑了。

马群又回到了原来那片自由活动的地方，所有的成年马似乎都完全忘记了昨天发生的一切。但是斯摩奇和它的小伙伴们忘不掉，因为这是它们一生中第一次遇见这种叫作人的可怕的两条腿怪物，腿上被烙印的地方还在隐隐作痛，也让它们想起昨天发生的所有的事情。日子一天天过去了。斯摩奇左腿上被烙印的地方早已不疼了，它慢慢淡忘了那场撞见两条腿怪物的噩梦，重新恢复了生机与活力。

秋天来了，时常都是阴天。每下过一场雨，天气就会明显地变得更凉一些。偶尔也会遇到一个难得的晴天，但是，照在身上的太阳似乎并不那么暖和了。连续几个早晨的霜冻和大风之后，在地势高的地方还飘起了小雪花。随着天气变冷，马群也得渐渐向低处转移，最终到了平地。马群里的所有成员都知道一件事情——它们迫切需要寻找一个可以过冬的地方了。

找来找去，它们决定在大草原中间地带的一片矮山和阶地上停下来，因为在这些陡峭的山谷中，有大片的柳树林、杨树林，它们可以在最严寒的时候，为马群遮挡暴风雪。不仅如此，那里还长着高高的牧草，只要用蹄子刨一刨不厚的积雪，总能刨到一些牧草来吃。天气好的时候，马群也会离开树林，到附近的山上去，寻找那些被大风吹走积雪后裸露出来的牧草。

斯摩奇就是在这片树林中度过了出生后的第一个冬天。它发现这里的生活和以前很不一样，这让它感到无比好奇、无比兴奋，它时刻都在仔细看、仔细听、仔细尝、仔细闻。第一场大雪下了起来，斯摩奇好激动，当雪花落在鬃毛上和后臀上时，它时不时要弓背蹦跳尽情玩耍一番。斯摩奇越来越喜欢到外面玩了，它一点也不怕冷。这得感谢大自然的安排——既让冬天慢慢来临，慢慢变冷，又让斯摩奇有时间一步一步地做着准备，等冬天最终到来时，它已经准备得很充分了。你看，那一身浓密的长毛就是它天然的毛外套，毛皮下那一层厚厚的油脂是它外套的内衬，浑身流动顺畅的、浓稠的血液就是它的保暖内衣。它已经不用再害怕大雪冰冻之类的天气了。只有当暴风雪袭来，它才会勉强去树林里躲一躲。

早在好几个月前，它已经发觉妈妈的乳汁开始变少了，越来越少，直到最后只够它润润嗓子了。妈妈坚决让它断奶时，它虽然很不情愿，但也知道抗争没用，它告诉自己一定要坚强，它也做到了——学着那些成年的马，去刨开积雪，寻找食物。

好多其他的马也像斯摩奇一样，讨厌吃枯草。所有的马都消瘦了一些，但这只是很短的一段时间，天气越来越暖和，草也越长越多。哪儿能吃到美味的食物？它们都知道得一清二楚。很快，它们又都振作起精神来，充满活力。这一个冬天，它们身上发生了很多变化。斯摩奇身上长长的毛都已经褪去，刚出生时那一身漆黑的毛全都不见踪迹了。现在的它，浑身长出的都是一种深灰色的新毛。头上和腿上的毛的颜色更深一些，接近棕色。斯摩奇变了模样吗？当然，它现在有一张光彩照人的俊朗的脸，那些和它一起长大的小马驹，谁都没有它这般英俊，而且它也很健壮，整天浑身是劲儿，神采奕奕的。

"淅沥沥，淅沥沥……"春雨时下时停。每一场春雨都有着无比神奇的魔力——它们会让草长得更绿、更高，它们会让花开得越来越鲜艳。不知不觉间，原野上已经是一片绿意盎然了。

有一天，斯摩奇吃饱喝足，跟着妈妈到小溪边的树荫下打盹儿，醒来一睁眼，它突然发现妈妈不在身边了。这是从来没有过的事情，它赶忙跑回马群去寻找，没有妈妈！它焦急万分，一边奔跑，一边嘶鸣，到处去寻找妈妈。它又伤心，又担心，还跑到了附近的小山丘上，向四下眺望，但是都没有看到妈妈。妈妈就这样失踪了！

斯摩奇只好学着独立生活。现在，它已不是当初那匹黑色小马驹了，它完全能够独立应对生活中的种种困难，因此，虽然妈妈不见了，它也并没有显得多烦躁、多焦虑，它还是像以前一样，该吃就吃，该睡就睡，该玩就玩。它浑身的毛皮变得越来越光滑滋润了。

一天早晨，旭日初升。那匹领头大马突然竖起耳朵来，然后发出一声嘶鸣，跑了出去。阳光晃眼，斯摩奇微眯着眼睛，努力望过去，它渐渐看清，远处有一匹马正向自己身边的马群走来，身旁还有个小东西在跟着移动。

所有的马都在静静地看着这一切，很快，斯摩奇发现正走过来的那匹马的身影好熟悉。它旁边的那个小东西是谁呢？斯摩奇好奇心陡升，于是，它往前跑了几步，再一抬头，突然发现，那个熟悉的身影竟然是妈妈！它一边思量，一边跑过去，快到妈妈身边了，它才看清那个跟着移动的小东西原来是一匹出生不久的小马驹。它浑身漆黑、油光闪亮，腿还有些打战。看到斯摩奇，这个小马驹还有些害羞。斯摩奇这下明白了，这是它的弟弟。

斯摩奇凑上前去，在弟弟身上闻来闻去。妈妈竖起一只耳朵警告它小心点，斯摩奇真的立刻谨慎了很多。妈妈和弟弟在身边，斯摩奇跟着领头大马，一起回到马群里。

第三章　岔路口

　　仲夏季节到了，天气已经十分炎热了。太阳非常尽职，每天都火辣辣地晒下来，一丝凉风都没有。到处都晒，到处都热，能乘凉的地方已经很难找到了。一群马走在一条崎岖的小山路上，斯摩奇的妈妈领头，一身黑色的弟弟紧随其后，全身灰褐色的斯摩奇走在弟弟身后，一副浑身都是劲儿的样子，它身后不远处是那匹鹿色马，鹿色马的身后还走着十几匹马，这就是一个野马群。它们在山路上慢慢地走着，要去找一个更合适的居住地，以逃避这里酷热的天气。

　　马群不知不觉地走到了一个岔路口，所有的马都在斯摩奇的妈妈的带领下静静地走着，但那条往上去的小岔路激起了斯摩奇的好奇心。已经一岁大的斯摩奇正是充满好奇心和探索欲的年龄。它悄悄地离开马群，走上了岔路，竟然没有一匹马注意到它的离队，大家都静静地走着。

　　斯摩奇兴奋地走在岔路上，它一边嗅着地面，一边往前走。它还能看见下面的马群，心中盘算着，等看完这条路上所有好玩的东西以后，再抄近路去追上它们就可以了。往前不远的路边有一块足有十英

尺高的又圆又滑的大石头。从大石头的缝隙里长出一棵低矮的树，浓密的枝叶向四面展开，在大石头上形成一个天然的可以乘凉的伞，此时正有一只动物在那里乘凉。这是一个身子又扁又长的动物。它浑身都是深褐色的，和这石头的颜色很接近。它伸展开全身一动不动地趴在大石头上，看上去简直就像石头的一部分。只有当它那又圆又长的尾巴翘动的时候，才能看出这是个活物。这是一只美洲豹。它正在乘凉，也是在等待猎物的到来。此时，灵敏无比的美洲豹听到了路上的马蹄声，它抬了抬大圆脑袋，看到了走过来的斯摩奇。猎物来了，美洲豹急忙垂下双耳，黄色的双眼瞬间就变得漆黑，它全身紧贴着大石头，纹丝不动，只有尾巴轻轻地摇摆着，这是它准备随时扑出去突袭猎物的姿态。这条小岔路是山中的一条重要通道，经常会有很多动物经过这里，美洲豹就在这里守株待兔，它会瞅准时机，飞身跃起，扑向猎物，几乎从不失手。数不清的野鹿在这里丧命于它的利爪尖牙之下。

斯摩奇丝毫没有觉察到危险，它还是兴奋万分，一边四处嗅着，一边朝前走，与美洲豹的飞扑据点越来越近了。它并不知道前方的危险，而美洲豹正蓄势待发。只要再往前走一步，斯摩奇就会从此消失了。这时，它刚抬起前腿，正好在大石头下突然出现一条四英尺长的响尾蛇，"嗞嗞"地叫着，吐着芯子。它直起身子，想要咬斯摩奇的鼻子。斯摩奇小时候和妈妈一起见过这种动物，所以本能地收回了抬起的腿，转身就跑。感谢这条响尾蛇——是它的突然袭击，帮斯摩奇逃过了美洲豹的鬼门关。

美洲豹的经验是，一扑上去，猎物就往旁边一闪躲避，然后是转身就逃。凭借这个经验，它从来不失手，但这一次因为响尾蛇的出现，斯摩奇并没有往旁边闪，而是直接转身跑了，美洲豹只抓到了几根长鬃毛，自己却结结实实地砸在地面上，别提有多痛了，它发出"啊呜呜……"的恐怖叫声。

斯摩奇听见身后的闷响，又听见美洲豹那"啊呜呜"的叫声，吓得魂飞魄散。它不敢回头，它的脑海里只有一个念头——跑！它一路狂奔，很快就回到马群走的那条路上，四下一张望，发现远方只能看见一点点马群的影子了。它一次次弓背跳跃，嘶鸣着，终于追上了马群。它的到来，像一枚石子给平静的湖水留下了无数涟漪一样，其他的马从它这种惊慌的眼神和极力狂奔的姿态中，感觉到了危险的气息，它们不约而同地向前奔跑起来，一直跑了很久很久，才敢稍微歇下来。

好在那个恶魔并没有追上来，美洲豹自己知道，虽然小马驹害怕自己的利爪尖牙，但是要想追上它，那真是太难了。它只好郁闷地抖了抖沾在身上的尘土，甩甩长尾巴，无比失落与懊丧地转身离开。有了这次经历，斯摩奇以后再遇到大石头时，都会尽量绕开走。见到那些树冠浓密的矮树也会尽量绕开走，凡是可能有美洲豹躲藏偷袭的地方，它都会尽量绕开。它慢慢习惯和马群待在一起，不爱独自乱跑了。

斯摩奇慢慢觉得自己几乎无所不知，无所不能，开始骄傲起来了。这也难怪，它已经到了这种自以为是的年龄阶段，它变得不再乖巧听话，甚至还爱搞一些恶作剧来调剂生活的滋味。麻烦也跟着它的骄傲来了——它变成这样以后，成年马都开始讨厌它了，它们经常教训它。有的成年马会经常找机会踢它的肋骨，想让它老实一点，但是斯摩奇现在已经长大了，它身强力壮，这点踢打根本吓不住它。有时

候特别疼痛，它就当是别的马给自己挠痒痒，依然开开心心的。

冬天的雪花慢慢地降落下来了，斯摩奇也会到处去抢夺别的马辛苦刨得的牧草。一受到对方的踢打，它就会及时地逃开，同时故意露出一副得意的神情，让被抢的马满心怒气无处发泄。

在北风"呼呼"地咆哮的一个清晨，马群里新来了一匹马，这让斯摩奇无比兴奋。因为是新来的，这匹马还有点胆小，有点害羞，斯摩奇觉得自己又有了一个可以欺负的对象，故意一圈又一圈地追着这匹新来的马，这匹马惊慌失措。不过，斯摩奇可不管这个，它有时还到人家屁股上轻咬一口。这匹新来的马被欺负了一阵子，小倔脾气也上来了，它觉得自己在这里简直混不下去了。终于，在一个飘着雪花的下午，它鼓足勇气，转身冲向斯摩奇。不过，斯摩奇一点都不害怕，它本来就爱搞恶作剧，不过是闹着玩，它一看对方真要打架，赶紧撒腿就跑，估摸着这匹马消气了，它又现身回来。从此，斯摩奇收敛了一点，与这匹新来的马保持一定距离，表示同意让它留在马群。

整个冬天，斯摩奇太调皮捣蛋了。它遭到了马群里其他马的一致而持续的声讨，终于渐渐认识到自己的行为有不当之处，就收敛了一些。

好长一段时间，原野上一直水草丰美，斯摩奇吃得好，过得开心，长得也好。三岁那年的春天，斯摩奇发现自己又长肉、又长个子，毛色也更加光滑油亮了，神采奕奕的脸上还出现了一块雪白色的条纹，斯摩奇已经长成一匹英俊迷人的马了。它在原野上昂着头，高翘着尾巴，身姿无与伦比的优美，无论哪个牛仔看到了，都会动心的。斯摩奇的模样还在变，个子也在长，脾气更在长。它现在再调皮捣蛋，搞点什么小恶作剧，别人要想教训它、惩罚它，那是越来越难了，越来越多的马都被它打败了，斯摩奇也为自己长了本领暗暗得意，觉得自己无比强壮，慢慢地，又变得肆意妄为起来。最后，马群里只有两匹马它不敢顶撞：一匹是它妈妈，一匹是鹿色马。斯摩奇有一点小聪明，它在做这些小坏事的时候很是小心，它不让妈妈和鹿色马知道。

日子一天天过去了，由于大部分的马都追求相安无事，所以在马群里这种几乎可以肆意妄为的地位，让斯摩奇很舒适、很得意。可是这样的日子久了，斯摩奇也渐渐觉得无聊起来了，而且这种无聊的感觉越来越强，越来越难以忍受，它有时甚至想冲上去把鹿色马掀翻在地，弄出一点事情来打破这种沉闷和无聊。

这一天马群排队去找水，斯摩奇的妈妈走在队伍最前面。刚转过一个小山坡，斯摩奇突然发现不远处站着一匹威风凛凛的大黑马，它"呼哧、呼哧"地喘着气，扑闪着大眼睛，斯摩奇内心深处突然有一种预感——马群里这种平淡无奇的日子就要结束了。

斯摩奇还不敢轻举妄动，大黑马高高兴兴地翘着尾巴，向着斯摩奇它们这边踱过来，它的毛飘飘欲飞，全然一副唯我独尊、高傲自大的姿态。它自己的身后也跟着一群大马和小马驹。大黑马在距离斯摩奇的马群几步远的地方长嘶一声，停下了脚步，它身后跟着的那些马也长嘶一声，退后了几步。

斯摩奇这边的马静静地站着、看着。大黑马强壮的脖子形成一个优美的拱桥，两只耳朵向前竖起，大眼睛闪闪发光地打量着它们，一直站着，看不出一丁点要开战的意思。斯摩奇有点沉不住气了，它没有注意到，那匹最强大的鹿色马此时已经躲到了马群的后面，全然一副保持中立的样子。这也怪不得斯摩奇，它还太小，从来没经历过这

种事情，也没有任何经验，它有的只是一腔热血，一身胆量。

大黑马突然走到斯摩奇妈妈跟前，蹭了蹭它的鼻子，并嘶叫一声撞了它一下，斯摩奇再也忍无可忍了。突然，它向大黑马扑过去，但大黑马还蛮机灵的，轻轻一闪，斯摩奇的前蹄和身子都落了空，就只差那么一丁点，但确实是落空了。斯摩奇一时有些糊涂：敌人明明就在自己的攻击范围之内，怎么就落空了呢？更让它奇怪的是，受到自己攻击的大黑马丝毫没有反击的意思，它耳朵前竖，眼睛微眯起来，打量着马群，好像什么事都没有发生过一样。

斯摩奇忽然明白了，这匹大黑马躲避自己，就像在躲避一只烦人又纠缠不休的苍蝇一样，根本没把自己放在眼里。斯摩奇威风受挫，心中稍感沮丧，一时间进退两难，不知道该怎么办了。大黑马通过刚才一边躲一边观察，终于确定马群中没有值得自己害怕的厉害家伙了，它立即低下头，耳朵后竖，冲向马群，它这是想赶走马群中的公马，把所有的母马都占为己有。虽然马群中的公马都不敢和它对抗，但是赶走这一匹，再去赶另一匹时，先前被赶的那一匹又会偷偷地回来。所以大黑马要实现自己的目标，也不是那么容易的事情。

看到一匹匹公马被强制赶走，早先退到后面保持中立的鹿色马终于发怒了，两匹马眨眼之间已完全纠缠在一起，一时间尘土漫天，空中只看见马毛在翻飞，听见撞击时发出的快如机关枪般的"啪啪"声。两匹马在漫天尘土中打得难解难分，离马群也越来越远。很快，黑马跑回来了，一看到它摇晃着脑袋得意扬扬的样子，观战的马们都明白发生了什么事。

不过，刚才两匹马打得难解难分的时候，斯摩奇已经悄悄地回到了马群里，它站在妈妈的身旁，静静地观战，它眼里闪着光，心里已经准备好开始另一场战斗。只要有一丝希望，它就会战斗到底，轻易认输可不符合它的性格。这时，大黑马冲向了斯摩奇，斯摩奇毫不逃避，勇敢迎上去，一场残酷的战斗又开始了。只是没有持续太久。斯摩奇一开始确实踢了大黑马几脚，要是换了一般的马，它的几脚就足以让对方趴下了。可是大黑马只是身子晃了晃，继而更加狂怒、更加凶狠地反扑起来。

当斯摩奇转身发动新一轮攻击的时候，大黑马的两条后腿直立起来。它躲开以后，快速地向斯摩奇猛扑过去，紧紧地咬住了它前肩上隆起的一块肉，斯摩奇立即感到一股钻心的剧痛，惨叫一声，奋力挣脱，不过，它的前肩上已经少了一块光滑的皮毛。它胡乱地踢了几脚，转过身来面对大黑马，想用自己的牙齿和前蹄让它吃些苦头，但大黑马丝毫没有给它机会。大黑马飞速转身，两只后蹄重重地砸在斯摩奇的肋骨上，发出"咚"的一声闷响，空气中传来了回声。接着，斯摩奇发出痛苦的呻吟声，身子摇晃了两下，用尽最后一丝力气逃走了。

斯摩奇头昏眼花，满心慌乱，好长时间，它都只是在疯狂地逃，它觉得那个黑色的魔鬼一直在紧紧地追赶自己，像一条长着无数双毒脚的无法战胜的巨大的蜈蚣一样，太可怕了！好久好久，斯摩奇才敢停下来。

接下来的好几天，斯摩奇意志消沉，思绪混乱，不知道自己该干什么，也不知道该去哪儿，幸运的是它遇到了鹿色马，和它成了形影不离的伴儿，一起茫然地游荡。即便路过一片水草丰美的地方，它俩也提不起兴致好好吃上一顿，只是偶尔停下来吃点草，喝点水，然后，又漫无目的地向山谷走去。那是马群在夏季生活的高原。

一路上，它俩也曾遇到几个马群。每个马群中，总有一匹大公马看着它们，把眼睛瞪得又大又圆，意思是，只要它俩胆敢加入马群，它就会跳出来展开一场恶战。它俩也曾遇到和它们有同样遭遇的马，双方都只是简单地打个招呼，然后又各奔东西。鹿色马希望加入一个有母马和小马驹的马群。斯摩奇不一样，它最想念的是妈妈、弟弟，还有马群里那些一起长大的伙伴，以及那些充满各种童年记忆的美好感觉。

斯摩奇的妈妈被迫加入大黑马的马群中，就一切听从大黑马发号施令，这是野马群中的生存法则。它有时也会想念斯摩奇，但它觉得斯摩奇终究已经是一匹强壮的大马了，能够自己好好照顾自己，而且现在它的身边还有别的小马驹需要它照顾，所以它对斯摩奇的思念并不太强烈。但是斯摩奇不一样，对它来说，妈妈就是妈妈，它在自己心中的地位，是任何其他的马都无可取代的。在很小的时候，它就已经明白了妈妈对它的重要性和唯一性。从颤颤巍巍学走路到长成漂亮的大马，妈妈一直都陪伴在它的身边。

山谷中时常可以听到斯摩奇的长嘶声，那是它在述说对妈妈的万般思念。不过，它一直都没有听到妈妈的回应声。斯摩奇就在思念和寂寞中一天天地挨着日子，直到有一天发生了一件事，稍稍让它忘记了寂寞和思念。

一天，它和鹿色马游荡时又遇到了一个马群。马群中，还是有那么一匹眼睛瞪得又大又圆的大公马，它的毛色是栗色的，当这个家伙摆出满是信心满是傲气的姿态走过来时，鹿色马立即看出了它的弱点，它的一举一动都表明一个事实——它太年轻了，而年轻有时是和无知相依相伴的。

　　因此当栗色马走过来时，鹿色马并没有像往常一样随即转身离开，它只是静静地站在原地打量着它，斯摩奇也站着没动。接下来会发生什么事呢？

　　三匹马相互闻了下脖子，碰了碰鼻子，发出几声嘶鸣。那匹栗色马突然飞踢一脚，把斯摩奇踢得倒退了几步。几乎与此同时，鹿色马开始还击了。一开始双方势均力敌，踢和咬的次数都差不多，应该说，这匹年轻的栗色马确实勇猛，要不是斯摩奇的加入，它或许能与鹿色马打成平手。在那些四处游荡的日子里，斯摩奇早已经和鹿色马建立了深厚的友情，成了最好的搭档。在面对共同的敌人时，斯摩奇自然能够帮上忙。还有刚才栗色马那一脚已经使它心中无比愤怒，所以当栗色马转过身来，正想踢鹿色马的肋骨时，只隔着两步远的斯摩奇纵身一跃，立刻加入了战斗。一瞬间，局面大变样。栗色马只觉得自己身体的两侧不断遭到牙齿和蹄子的猛攻，立刻阵脚大乱。它已经看出自己打不过这对搭档了，只想竭力跑开。但这对搭档没有放过它，追着它，不停地发动攻击，很快就将它打趴下了。栗色马挣扎着从地上爬起来拼命逃跑。

　　斯摩奇和鹿色马就这样占有了这个新的马群。但是，那天傍晚，当太阳越过蓝色山脊快下山的时候，斯摩奇和鹿色马看到有一个孤寂的身影一直跟着它们，果然是那匹栗色马，它一直都跟着自己熟悉的马群，几次主动开战，想赢回失去的一切，但几次都被这对搭档以同样的方式打得惨败，身上不断增加伤痛，终于死心离去了。

　　接下来的一段日子里，鹿色马过得很安逸，斯摩奇也觉得十分满足，它经常和新马群里的母马、小马驹奔跑嬉戏，渐渐忘了与妈妈分别的痛苦。种种经历终于让它长成了一匹体格强壮、会严肃思考的成

年大马了。它懂得了知足，懂得了以积极的心态去享受生活中的美好点滴。

整个夏天就这样舒适而幸福地过去了。牧草渐渐变得枯黄了，河两岸的黄叶也开始越来越多，秋天到了。马群必须去寻找过冬的地方了。没过几天它们就来到了山脚下，斯摩奇走在最前面，带领大家向它和妈妈度过第一个冬天的那个牧场走去。

紧跟在后面的鹿色马忽然发觉情况不太对头：身后的马群没有跟上来，所有的母马和小马驹都往另一个方向走去了，鹿色马一时左右为难，它既舍不得斯摩奇这个患难与共的好搭档，又万分疼爱那些活泼可爱的小马驹。正在它不知所措时，马群中的一匹小马驹站出来，向着它嘶鸣。那稚嫩的声音立刻让它做出了返回马群的决定，它回应了那匹小马的嘶鸣，大步跑向了马群的队伍。

斯摩奇还在往前走，此刻它完全沉浸在与妈妈重逢的画面中。好久好久，它才突然发现自己竟然是独自走在路上，吓了一跳，一时间茫然四顾。它心中思念远方故乡的山水，但它也舍不得自己的好搭档，舍不得这个幸福的新马群。踌躇了好久，它突然仰起头，发出一声响亮的长嘶，很远的地方立刻传来一声回应，那是它的好搭档的声音，斯摩奇又发出一声嘶鸣，往马群所在的方向飞奔而去，它忽然觉得在哪个草原上过冬并不那么重要，因为自己已经长成为一匹成熟的大马了，就算离开家乡，也能好好地生活了。

第四章　绳索的尽头

这年冬天，原野上的雪厚厚的，看上去很美——被风吹硬了的雪野，在阳光下泛着银光。可是，这美景对马群来说，却是极大的灾难，因为它们赖以活命的牧草被深深地埋了起来。马群的身后还跟了一群小麻烦，就是牛群。马群走到哪里，它们就会跟着走到哪里，它们一点也不害羞，总是用鼻子在地上寻找着马吃剩的干草叶片。

这个冬天，养牛人的草料也不够喂牛了！于是这些秋天还膘肥体壮的牛，随着积雪越来越厚，它们皮下的脂肪也越来越少，肋骨已经清晰可见了。猛烈的暴风雪如期到来了，于是雪野上又多出了一些雪堆，饿死冻死的动物的尸体埋在下面，引来了一些大灰狼。它们早就对斯摩奇和鹿色马的马群虎视眈眈了。斯摩奇和鹿色马同时看到了这三只大灰狼，它们的耳朵竖起来，眼睛一眨不眨。鹿色马耸起鼻子，重重地哼了几声。它对大灰狼一点都不陌生，那是因为它的身上有那么多大灰狼撕咬过后留下的伤疤。斯摩奇也不敢轻举妄动，因为它感觉鹿色马似乎在警告它要小心谨慎。

斯摩奇眼睛都不敢眨，努力地观察着情况，这时，三只大灰狼转

身离开了，这意味着什么？斯摩奇感到非常不安。马群所在的这个山洼很危险，因为这里的视野很窄小，很不容易看见敌人。马群已经感觉到惊恐的气氛在蔓延，小马驹们似乎也感觉到危险正在靠近，它们个个睁大了眼睛，静静地呆立着，紧紧地挨在妈妈的身边。鹿色马和斯摩奇决定将马群转移到一个相对安全的地方。

月亮升上天空，冻结成冰的地上有一条清晰的道路在月下闪光。马们都停下脚步，沉浸在那份寒冷和寂静之中。只能祈祷暴风雪不要来了，因为它们都又饿又冷。这是一个明显有利的地形，在这座小山上，它们可以看清楚周围的一切。它们看上去像是冻僵了，其实是在倾听着远处的声音。

大灰狼的嗥叫声在空气中此起彼伏，像是弹奏起了一支恐怖的小夜曲。马们的耳朵都朝着声音发出的方向竖了起来，其他几匹大马的鼻子还在呼哧呼哧地喷气。斯摩奇躁动不安地跑来跑去，整个马群也都和它一样。很快它们一个接一个地挨在一起，慢慢地移动着。因为三个灰色的影子已经悄无声息地出现在它们的身后。鹿色马走在马群的最后面，它第一个发现了那几只大灰狼，大家四处逃窜，寒气被马蹄冲开了，一块块冻雪飞溅在空中，所有的马的眼神都变得狂乱，它们都朝着宽阔的平地跑去。

斯摩奇和受惊的马群一起飞奔。它不怕了，反倒有一种异常的兴奋，它觉得自己浑身的血液都在燃烧。它忽然灵机一动，放慢了脚步。看着别的马一匹匹地超过自己，它产生了一种无法言说的快乐，想看看那些大灰狼到底有多厉害，怎么会让马群狂奔成这个样子。

三只大灰狼的奔跑速度非常快，它们很快就追上了马群。斯摩奇站在那里，它不敢轻易发动攻击，它变得越来越冷静。它就是想等着大灰狼追上来，好试试自己的蹄子有多厉害。但是忽然它又想出了另外一个好主意，那就是等上它们一段时间，等摸清楚了它们的行动方式再开始战斗。三只大灰狼果然上当了，它们放弃追马群，开始追逐斯摩奇。斯摩奇别提多开心了，它把头昂得高高的，眼睛里好像要冒出火来。它越跑越来劲儿。三只大灰狼对它紧追不舍，好像忘了今晚自己的目标根本不是它。等它们发现这样追逐斯摩奇是在浪费时间的时候，已经离马群很远了。

斯摩奇把三只大灰狼引开后，马群获得了一点点喘息的机会，尤其是那些不太强壮的马驹，它们终于有机会可以放慢速度，歇一歇，好恢复体力。斯摩奇跑了，三只大灰狼并没有追上去，它们马上就回头向马群狂奔而去。斯摩奇望着三只大灰狼的背影，有种预感，觉得马群需要自己，它只要回去，就一定能为马群做点什么事情，至少能对付一只大灰狼。

三只大灰狼已经对马群展开了攻击，它们敏捷地绕过鹿色马，向一头小马驹迎了上去。它们一点也不想吃鹿色马的肉，觉得那匹马太老了，肉都嚼不动，而且十分难斗。鹿色马一辈子最大的本领就是飞速奔跑，它本可以逃命去的，但是它对那些小马驹真心喜欢，所以不会放任不管。它看到一只大灰狼奔向小马驹，它也飞奔出去，不顾性命地加入了战斗。

三只大灰狼惊呆了，鹿色马气势逼人，一上来就扑倒了第二只大灰狼，随即向另一只大灰狼扑了过去。大灰狼看形势这么紧急，急忙放弃对小马驹的进攻，马上回头迎战，但是已经晚了，鹿色马举起巨大的蹄子重重地踩了下去，它这一脚正好击中了那只大灰狼的下巴，使它再也没有办法张嘴去咬小马驹了。鹿色马威风凛凛地瞪着另外两

只大灰狼，它的嘴里叼着几缕长长的灰色的狼毛。

第二只大灰狼从雪地爬起来了，它猛地向鹿色马扑了过去，就在这形势十分危急的关头，斯摩奇回来了，它像闪电一样从侧面展开了攻击，它举起一只后蹄往上一蹿，踢中了，那只大灰狼的前腿在一瞬间就像被刀割过一样，硬生生地掉了下来，一声声惨烈的叫声飘荡在夜空中。第三只大灰狼被斯摩奇和鹿色马包围起来。双方一阵踢打和撕咬，很快，第三只大灰狼夹着尾巴仓皇逃窜了。

这一夜的战斗真是惨烈，月亮渐渐地隐去，一轮红日缓缓地升起来了。在平地上，小马驹们又开始刨着那些没过膝盖的积雪，寻找着一些草料。它们现在看起来神态非常安详，好像昨夜根本不曾遇到过三只大灰狼的袭击。

西北方的天空出现了大团大团的云，慢慢地向东移动。还没到中午，就下起了暴风雪，马群顶着风雪回到了它们昨夜离开的小山，在那里，它们勉强可以躲一躲暴风雪。

整个夜晚，马们就在暴风雪中度过。它们忍饥挨饿，而且听到了非常不想听到的声音，那是一只大灰狼在哀号。又有另一只在回应，那声音悠长而悲怆。斯摩奇比鹿色马先抬起了头，很快，它们的耳朵都朝着大灰狼发出声音的方向竖起来。不过，它们知道今夜大灰狼不会来，因为暴风雪对它们来说也是一种极大的灾难。

天亮了，暴风雪没有停，整整下了一天。峡谷里的雪更厚了。雪覆盖在动物的死尸上形成了更多的雪堆。让马群感到骄傲的是，有一个雪堆的下面，埋葬着的是一只大灰狼。它是因为下巴被鹿色马踢裂才死的。几个月后，有一个牛仔遇到了一只大灰狼，他吃惊地发现，这只大灰狼竟然只有三条腿。这是怎么回事？他看了看断腿的地方，

说:"一定是可怕的子弹才会让这条腿断得这么整齐。"

漫长的冬天还在继续。马们的日子一天不如一天。草料越来越难找了,它们变得越来越瘦了,身上的膘也都消失不见了,只剩下消瘦平坦的腰了。就在它们陷入绝望的时候,天气逐渐变得暖和起来了。那些坚硬的雪壳开始凹陷下去,接着,向阳的山坡上的雪开始融化了。一个星期以后,越来越多的青草露了出来。马群的好日子渐渐到来了。原野上又变成了绿色,马群又开始变得精神抖擞了。它们的脂肪变多了,毛皮变光滑了,眼神变得神采奕奕了。大自然似乎要补偿残酷的冬天给它们带来的伤害。马群里,几匹小马驹又陆续出生了,这些小家伙个个全身滑溜溜的,整天就知道嬉戏、玩耍。斯摩奇一直在寻找更适合生活的地方。有一次它们迁移到了开阔的大草原上,在那里,它们又遇到了那些活泼可爱的小牛犊。斯摩奇很熟悉这样的生活。对马群来说,接下来的几个月,是一段非常安逸的日子。高高的青草到处都是,潺潺流淌的小溪也不少。

时光飞快,马群尽情地享受着自由自在的生活。斯摩奇也有一些新鲜的想法,它带领着马群向山上移动,它们喜欢山上吹来的含着花草香气的微风,它们想寻找一些口味不同的食物。它们不想看到那些骑马的人,但是那些骑马的人几乎无处不在,不是很容易避开的。有一天,一个骑马的人出现在离它们半英里(1英里≈1609米)的地方。他骑在马上,手上举着望远镜,看着不远处的马群,足足逗留了有半个多小时。斯摩奇根本就没有注意到一双眼睛在盯着它们,它们正在一处高高的山脊上玩得高兴呢。

斯摩奇神采飞扬,它那英俊神武的样子吸引了骑马人,他看到斯摩奇,忍不住发出一声惊叹,忘记了一切。他又靠近了一些,想更仔细地观察那匹马。如果不是害怕自己轻举妄动地进了马群，会让它们起疑心，他还想靠得更近一些，他特别想知道斯摩奇会跑到哪里，这样他就知道以后能在哪里找到它们。这个人就是摇R牧场的人。

斯摩奇对此一无所知，它已经四岁大，接近五岁了。很多像它这么大年纪的马大多被人类抓了去，要么套上马鞍和马具在原野上干活儿，要么就是喂养起来，以后卖到市场上去。斯摩奇现在还能过着这种自由的生活，真是幸运。

这一天，一个长腿的骑手出现在山脊上。马群顿时狂躁不安起来，它们好像看见魔鬼一样拼命地奔跑，尽管如此，它们仍然被赶进了围栏里。围栏是用粗粗的杨木条围成的。令人诧异的是：骑马人关上了围栏的大门，把和斯摩奇一起奔跑的马都放了出去，斯摩奇的老搭档鹿色马也在其中。斯摩奇就这样和它们分开了，它孤零零的，看着其他的马离开了自己。

在那高高的围栏里，斯摩奇看见不远处还有一个人。它认为这是比任何恶狼都可怕十倍的生物。想到这里，它悲伤地嘶鸣了几声。鹿色马听到斯摩奇的悲鸣声，停下脚步，回过头来回应了一声。它在原地站了那么一会儿，好像在等待着什么，但是它很快就去追赶马群了。它曾经驮着人类走过很多路，对他们很熟悉，它知道斯摩奇即将经历它所经历过的一切，它再等下去也是没有用的。

斯摩奇看着马群消失在远处，着急地想："要是没有那些围栏，我一定很快就能追上它们。"但是那厚厚的大门被拉开时发出的嘎吱声，又让它认清了自己面对的严酷现实。一个人走了过来，他的胳膊上搭着一股长绳子。斯摩奇不禁喷了喷响鼻，马上撒开蹄子，向围栏的另一边跑去。然而当它转过身面对那结实的围栏，并开始发抖时，

它才意识到围栏就是它最大的敌人。

斯摩奇是一匹狂野的马，那个人说的每一个字，对它来说，都像是会把它撕裂的魔兽发出的咆哮，而它就是那个猛兽的猎物。这个人对斯摩奇太满意了。他发现斯摩奇完全有资格做一个优秀的坐骑，而不是那种套上马具干活儿的马。

斯摩奇看着他一步步地靠近，已经没有地方可以逃避了。它听到绳子发出的"嗖嗖"的声音，慌乱中低头一看，那条蛇一样的东西险些套在自己的两条前腿上。斯摩奇以最快的速度跑向围栏的另一边。接下来，斯摩奇又拱，又跳，又叫，都无济于事，那条蛇一样的绳子再一次向它盘旋而来，正好紧紧地套在它的两条前腿上。它越是跳，就越是感到无法脱离这可怕的绳子。接着它在空中翻了个身，侧身摔倒在地上。

"不要怕，没什么好怕的。"这个人对它说。斯摩奇瞪大双眼，惊恐万分，打了一个响鼻。"躺下去，要听话呀！"他接着说，"放心，我绝对舍不得蹭坏你那漂亮的毛皮！"斯摩奇真的乖乖地躺下了，它不得不这么做，因为不到几秒钟，它的四条腿就被捆绑到一起了，它无助地躺在那里，喘着粗气，根本无法思考。它感到心跳加剧，快要爆炸了似的，体内的血液汹涌，影响了大脑，它已经不再想自己是怎么这么容易被放倒的。人类身上神奇的力量，让它恐惧无比，这种恐惧比面对一头熊或美洲豹还要糟糕千百倍。

忽然，它看到这个人弯下腰，感到他的膝盖碰到自己的脖子，颈部的肌肉立即颤抖起来，仿佛有条毒蛇在那里寻找下嘴的地方。斯摩奇恐惧地闭上了眼睛，但是很快它就感觉到有一只温热的大手在摸它的耳朵、它的额头。它的心不再那么狂乱不安。不过，接下来落在它头上的是什么玩意？是辔头。接着，一块生皮盖住了它的鼻子，一条可怕的绳子紧紧地绕住了它的脖子……整个过程中，这个人都发出低沉的声音。奇怪，斯摩奇一点都不讨厌这个人的声音。

斯摩奇感觉自己的额头被拍了一下，之后这个人站了起来，他走到它的脚边，松开了它腿上的绳子，并抽走了。斯摩奇简直不敢相信自己已经恢复了自由，它的头脑还一片混乱，依然躺在原地，不一会儿，它感觉背后的绳子被拉了一下。斯摩奇这才清醒过来，立即站起来，心里升起一个念头：现在也许是逃跑的好机会。不过，很快它就发现了一个事实：虽然腿获得了自由，但是，有一条绳子捆住了自己。它把全部的力量都用在腿上，想挣脱，却无济于事。

丝毫不用怀疑这个人的技术，因为他驯服过很多像斯摩奇这样的野马，它们中大多数也像斯摩奇这样不停地反抗。斯摩奇看到自己站起来也没有机会逃脱，眼睛红得像两团燃烧的火焰，它知道自己根本无法摆脱那些长着两条长腿的怪物。就算它不停地喷着响鼻，不停地反抗，绳子依然牢牢地绑在它的头和脖子上，它开始有点疲惫，渐渐地，聪明的斯摩奇停止了挣扎，它喘着粗气，叉开四肢，任由汗水从光滑的皮毛上滴落。

这个人站在离它不远的地方，静静地看着。斯摩奇依然在寻找逃跑的机会，它看着牛仔往回走，绳子从他手中脱落，看着这个人打开围栏大门走到那匹一直被拴在围栏另一边的马身边，跨上马背，拽紧了绑着自己的长绳，心里变得越来越绝望。斯摩奇知道自己已经没有办法逃跑了，但它还是不甘心地加快脚步。好在这个人并没有过分地为难它，他只是围着斯摩奇转圈，稍微地拉了拉绳子。可是就在这一刹那，斯摩奇猛地跳了起来，它晃着脑袋，像是要摆脱控制它的东西

似的，一直冲向敞开的大门。

斯摩奇一迈出大门就被绳子拉住了，它吓了一跳，没想到这绳子有这么神奇，竟可以控制已经跑远了的自己。大门在身后关上了，这个人已经走了出去，斯摩奇感觉绳子松了一些，它再次抓住这个机会，施展全身的力气，又奔跑起来，这一次它成功地跑到了围栏中的空地上，这时，它还能隐约地感到绳子依然在它的脖子上晃荡着，但这并不妨碍它想逃跑的心。

高高的青草就生长在围栏边的平地上，泛着水花的小河就在平地的下边流淌。斯摩奇想好了，它就向那里跑。它想："只要摆脱那个两条腿的怪物，我就可以去任何地方了。"可是没跑几步，它又感觉到自己脖子上的绳子再次收紧，最后，它只能停下来，再一次面对那个两条腿的怪物，看着他从马上下来，看着他把手中的长绳的末端系在一块木头上。"好啦，别挣扎了。"他笑眯眯地说。他站在那里仔细地看了一会儿斯摩奇，又说："你别对绳子太用力啦，它很温柔，你对它越好，它也对你越好。"

又长又软的棉质粗绳和绑住斯摩奇的木桩，是它开始学习如何为人类服务的工具，它越是和绳子抗争，越想摆脱它，就越意识到自己的拉扯和抗争毫无意义。斯摩奇要是不想让绳子拉伤脖子的话，就只好停下来。它从各个方向反复地奔跑了几次，可是那根绳子依然牢牢地拴着它。那个拴着它的木桩也是一个重要的工具，就是因为它很沉重，所以斯摩奇怎么都跑不脱。

当斯摩奇上下打量这个木头装备的时候，它意识到以前的自由生活都结束了。它不知道接下来又会发生什么事，不过唯一能确定的是，在这条河流下游靠近围栏的地方，它要待上很长一段时间。

第五章 驯马师的计划

　　在围栏的上方，很难看到洁净的天空，因为这里总是弥漫着尘烟，那都是野马飞奔的结果。此刻，摇R牧场的驯马师克林特正在尘烟中驯马。天很热，他也很累，但是他从不叫苦，因为他十分热爱自己的工作，并以自己的工作为荣。

　　不过，要驯服野马，让它们成为优秀的坐骑，这可不是一件容易的事，要懂得怎样和这些狂放不羁的野马打交道才行。克林特驯马的本领怎么样？他很厉害，一次会驯服十匹野马。等这十匹野马乖乖就范后就交给牧场，然后再接十匹野马。至今为止，他已经驯服了八十匹野马。如果有一匹马肯让你乖乖地骑上半小时也不尥蹶子，就表明它已经听人使唤了。

　　克林特在牧场工作两年了，他几乎没有遇到过自己驯服不了的野马。不过同马们斗力、斗智、斗勇的工作，克林特渐渐感到无法胜任了。每一次驯服一匹野马，对他的体力、脑力和心理都是极大的考验。因为他的衬衫经常被野马的牙齿咬破吗？这都是小事。他遇到过很多次使他命悬一线的危险，比如说，野马在厚厚的尘土中将他整个

人几乎撕裂了，然后抛出去。这些野马用油光光的蹄子以闪电般的速度踢向他，让他的脸上瞬间少了几块皮。每一次骑上马背，他都会遇到马们狂蹦乱跳的折磨，它们似乎想看看能不能让这个两条腿的怪物的心脏移动一个位置。

他曾经被摔下马背，半天起不来；他的肩膀曾经被甩得脱臼，好几天都无法工作；他的肋骨和腿都曾经被折断过……可以毫不夸张地说，从他的发梢到他藏在马靴里的脚指头，每一处都经历过严重的扭伤，并留下被弄断的痕迹。克林特感觉自己就像一台用了很长时间的机器，零件慢慢地都要散架了。他担心总有一天，野马会在暴雨中把自己这台机器整个弄坏，零件甩得到处都是，再也找不回来了。

克林特只有三十岁。不过对一个驯马师来说，这个年龄已经是接近退休的年龄了，因为牧场里工作强度太大了。驯马师们年纪轻轻身体就垮掉了，相反那些被驯服的野马却幸福得多，因为它们总是被驯马师们养得肥肥壮壮的。不过驯马师们从不抱怨这些，在这个世界上，没有人比他们更愿意看到自己驯养的马健健康康的了。

遇到不听话的马，非要把驯马师们的牙齿震松掉，驯马师们会很凶狠地对待它们吗？不，恰恰相反，驯马师们非常喜欢性情暴烈的马。每次驯服一匹野马，他们黝黑的脸上就会绽放出如花的笑容，因为他们再一次证明了自己就是一个地地道道的驯马师。

马就是克林特的生命，他全心全意地爱着它们。他最大的乐趣就是待在旭日东升时挤满了马的马栏里，抚摩着它们，和它们说话。每当他看到一个四岁大的马乖乖地学会他所教的东西时，他总是感到心满意足，这比拿到工资还要让他高兴。要是碰到特别聪明的马，教什么都能很快就学会，他心里的那种欢喜呼之欲出，真想让全世界的人都知道。

马就是克林特的爱人。他总是这样说："当我们相处时，有很多美好的回忆，我并不愿意和它们分开。不过，如果我还想驯服下一匹野马，就不能太在意和这匹马的离别。"克林特对某些马喜欢得不得了，可是马训练成功后，最终还是会被送走的。每当他望着那些马消失在远处时，就会非常失落。不过，他坚信，总有一天，自己会遇上一匹自己最爱的马，并与它一直生活在一起。

第一次看到斯摩奇的时候，克林特就再也忘不了它。斯摩奇哪知道克林特在想什么呀！它已经被拴在围栏外面的木桩上有两天了。在这两天里，克林特变得忐忑不安，他担心有人到他这儿来，看到斯摩奇，然后把它带走——牧场的管理人和其他一些拥有牧场股份的人，如果看到自己喜欢的骏马，往往就会这么做。克林特恨不得斯摩奇能和他一直在一起。渐渐地，他放松了心情，因为他对自己的驯马本领十分自信，他想："即使他们带走这匹马，也没办法安心地骑着，那么他们也一定会来请我帮忙驯服它。"

斯摩奇被拴着的绳子绞缠得太厉害的时候，克林特就会走过来，把绳子整理好。他就是这样，一点一滴地和斯摩奇建立起了感情，斯摩奇对他不再那么抵触了，它不再害怕这个怪物会把自己吃掉了。没过多久，斯摩奇要是看不见他就会变得狂躁，看见他以后，心里就会特别踏实。

"斯摩奇，你真是一匹好马！"克林特由衷地赞美它。"斯摩奇"这三个字从克林特的口中无意间蹦了出来，从此这匹灰褐色的马就有了自己的名字——斯摩奇。

克林特给马起名的本事特别大。他会根据它们的颜色、大小、体

形或者它们的表现起名。有的马被他叫作"矮子"，实际上却是一匹高头大马。他还会把一匹马叫作"天高"，实际上这匹马却矮小得厉害。他给马起名字，总会留有一定的余地。就像他把灰褐色叫成烟灰色——斯摩奇的道理是一样的。斯摩奇看上去真的像一团亮闪闪的灰烟。它飞快奔跑时的样子，好像真的是一股烟飘来，又一股烟飘远了。

克林特和斯摩奇是心有灵犀的。他能猜到斯摩奇脑子里正在想什么，每一次斯摩奇的眼睛里流露出的狂野、惊喜、恐惧，他都能捕捉到。但他一点也不惧怕斯摩奇的野性，他觉得越是有野性的马，征服起来越有意义和价值，他愿意慢慢地调教它。他很喜欢把斯摩奇这样一匹野性十足的马训练成一匹听话而有本事的牧牛马。

克林特有一种绝妙的驯马功夫——他的手非常厉害。他会跟着斯摩奇走，跟斯摩奇说话，同时，他的手抚摸着斯摩奇两眼间的部位。斯摩奇不喜欢、不习惯，但也只能忍受着，顶多喷个响鼻，吓唬一下克林特。克林特的手抖了一下，并没有停下来，他又摸到了它的额头，一直摸到了它的耳朵。

和斯摩奇建立起真正的信任并不是那么容易，这一天，当克林特要摸到它的一只耳朵时，斯摩奇忽然在他的袖子上蹭了下鼻子，闻了闻，然后一口咬住了他的胳膊。克林特大吃一惊，但他并不害怕，他知道，斯摩奇应该只会咬掉衬衫布，而不会咬到自己的肉。

"嘿，你别这么玩了。"克林特一边说，一边继续着刚才的抚摩动作，继续抚摩着它的脑门。最后他在斯摩奇的脑门上来回地揉搓着。没料想，斯摩奇毫不客气地抬起前蹄踢了他一下，克林特迅速地躲开了。不过，他的手一直没停，他从斯摩奇的左耳摸到脖子，然后又顺着脖子往下摸，摸到了它的肩膀。克林特帮它梳理鬃毛，把鬃毛打结的地方梳开。斯摩奇完全被感动了，它浑身发抖，不时地缩缩脖子。克林特还是不停地抚摩着斯摩奇，他知道，斯摩奇开始变得温顺起来了。

克林特还在同它说话，就像从来没有跟其他马说过话一样，他的话实在是太多了。斯摩奇要是能听懂的话，它就会明白自己以后的命运将会怎样。但是斯摩奇一点也没有去想以后的事，它觉得眼前的事就够让它心烦的了，它的眼睛一刻不停地看着这个人对自己所做的每一个动作，它好像还在担心克林特什么时候会伤害自己。不过，在克林特这种温柔的攻势下，斯摩奇的野性已经消失了一大半，要知道，这才过了两天时间。斯摩奇开始明白了自己怎么挣脱绳子都没用，于是，它每次走到头的时候，就乖乖地转身。渐渐地，它开始习惯了那条不时碰到它身子的绳子，也不再愤怒地踢打绳子了。

它渐渐学着配合克林特的这种抚摩。克林特知道，自己的手的动作一定要恰到好处，不能太快，也不能太用劲儿。

"我一定吵到你了吧？"克林特从斯摩奇的肩膀一直抚摩到了它的背上，他不善言辞，但是对斯摩奇，忽然说了好长一段话："斯摩奇，如果你就是一匹普普通通的马，我就不会在你身上花费这么多精力了。明天你就会发现，我能骑在你的背上了。不过，也会发生伤心的事，再过一个月我就得把你送出去了，成为备用马群中的一匹。不过我非常喜欢你，非常非常喜欢，所以我有一个计划，我想把你一步步地调教成我的私人坐骑。要是真成功了，这里的每个人都会嫉妒我有这么一匹好马，我一定要把你调教成那样一匹马。"

克林特每天都在训练斯摩奇。他简直把自己平生掌握的驯马技术

全都用上了。不仅如此，克林特把自己的业余时间都给了斯摩奇。每天吃过晚饭后，火烧云在天边燃烧时，他都会带着斯摩奇来到小溪边的滩地上。当夜幕降临，明月升起，斯摩奇也累了的时候，他就会满心失落地带着斯摩奇回到马群里去。

几个星期的时间就这样过去了！斯摩奇已经不把拴着自己的绳子当回事了，但是它对克林特还是不冷不热的。要想消除一匹野马对人类的恐惧，实在是太难了。斯摩奇一直在不停地告诉自己，要把事情往坏处去想。于是，它始终都保持着警惕，密切地注视着克林特的下一个动作。

"斯摩奇，你一定是在盯着我对不对？不过这正是我喜欢的。"克林特会温柔地对它说，"因为你越盯着我，你看到的就越多，学起来就越快了。"

斯摩奇就这么盯着，看着，学着。在一个微风习习的傍晚，克林特解开了拴在大木桩上的绳子，牵着它往围栏外走去。斯摩奇表面上看着很温顺地让他牵着，实际上，在经过大门时，它的心就已经怦怦地狂跳起来。它很好奇接下来会发生什么，于是它把脚抬得高高的。它真的很小心，眼睛盯着一切可疑的东西。一个磨得亮光光的东西挂在围栏边，让它打起了响鼻。一瞬间，它脑子里只有一个念头——逃跑。

克林特知道它在想什么，跟它说着话，安抚着它，牵着它继续走。就这样，他们走过了一扇门，又走进了一个围栏，那围栏的正中间竖着一根大柱子，旁边有一大块皮革样的棕色的东西正在闪闪发光，那就是克林特的马鞍。

"好啦，我的小马，表演马上就开始了，你先来闻一闻马鞍的味

道吧！"克林特说完这话，就转过身来，他开始抚摩着斯摩奇的额头。斯摩奇被抓以后，这是第一次注意力没在克林特身上，那一块皮革样的东西引起了它极大的兴趣，它的耳朵对着那个东西竖了起来，它的双眼扑闪着，它打着响鼻，心中充满了疑虑："咦，那个躺在地上的东西是什么？那东西看上去一点都不讨人喜欢！啊，它不会朝我扑过来吧？"

"斯摩奇，你看着它，照着它喷响鼻，或者用你的蹄子踢踢它……你喜欢怎样，就怎样做，试试看吧！"克林特对它说，"你先好好跟它熟悉熟悉，然后才能跟它和睦相处，我不会着急的。"

克林特一点也不着急。他不仅是一位优秀的驯马师，还是一位出色的心理专家。他让斯摩奇与马鞍隔开几英尺远。斯摩奇很想逃开，但是，克林特就在它的旁边。马鞍没有动，显得非常安静。斯摩奇看了一个来回，想弄清楚还有没有其他讨厌的东西。很快，它又把目光落在了克林特的身上。克林特拿起马鞍慢慢靠近，斯摩奇在慢慢地后退。

不过它的后面就是围栏了，没有地方可以退了。这时候斯摩奇害怕地趴了下来，头都快碰到地了，它不再挣扎，就趴在那儿，一动也不敢再动了。克林特觉得时机已经到来了，他再次把马鞍放到了地上，拿起一条旧的鞍褥扇起了风，他一边扇风一边朝斯摩奇走去。斯摩奇觉得好奇极了，不知道又要发生什么事情。它想要阻止那个鞍褥前进，于是就充满威胁地喷着响鼻。它甚至想转身踢上几脚。但是那个东西却越靠越近，最后碰到了它。斯摩奇缩了缩身子，踢了几脚，奋力想跑开，但是它根本没有办法离开，因为克林特紧紧地抓着绳子呢！克林特不再说话了，真是非常奇怪。其实那只是训练的必要内容之一——有时候的工作需要非常安静。鞍褥一会儿绕过斯摩奇的腿，一会儿又绕过它的脖子，发出"嗖嗖"的声音……这种训练对于一匹野马来说，真的是一件非常恐怖的事情，斯摩奇不断地踢腿，不断地尖叫，因为它太害怕了，以至于它都没有意识到自己其实一点都不疼。

是因为它筋疲力尽了吗？还是因为它已经晕头转向了？慢慢地，斯摩奇变得安静了一些，它踢出去的腿的力量也不那么大了，它眼里的怒火也不再那么旺盛了。最后，它整个停了下来，几乎一动不动。只有当鞍褥碰过来的时候，它才缩一缩身子。没有办法，自己的肚子会不时地碰到它。之后，鞍褥一会儿碰到这儿，一会儿碰到那儿，斯摩奇全身上下没有一个地方漏下。尽管斯摩奇吓得魂都没了，但是它终于明白了，不管那鞍褥看上去有多可怕，也无法伤害自己。克林特知道，自己这么做有助于培养斯摩奇对它的配套工具建立基本的信任。

"你很快就会喜欢上它的！"克林特等斯摩奇安静下来才开口说话。这时，他扔掉了拴住斯摩奇的绳子，再次用抖动着的鞍褥触碰斯摩奇的背部、四肢。接着，他又把鞍褥铺在地上，从斯摩奇的脚底下抽过去。就这样从头到尾，斯摩奇竖着耳朵紧张地看着。

克林特就这样又忙活了一会儿，直到他确定斯摩奇再不会因为鞍褥的碰触而胆怯为止。他注意到，斯摩奇开始有一点点喜欢鞍褥了，因为鞍褥扇动的时候不会有苍蝇叮它，而且对它来说，鞍褥铺在身上的感觉，其实也蛮舒服的。

克林特一边工作一边估算着时机，他确定已经差不多了，就再次拿起了马鞍，径直向斯摩奇快步走去，那个东西发出的"嘎吱嘎吱"

的声音，再次引起了斯摩奇的兴趣，它好奇地瞪大眼睛看着。克林特不敢掉以轻心，他依旧拿着那条旧鞍褥，像之前那样不停地扇着风，想借此来让斯摩奇明白马鞍和鞍褥一样是不会伤害它的。

克林特对待其他的野马可不会这样温柔，他会粗暴地把它们的一条后腿绑起来。因为他前期对斯摩奇进行过必要的训练，所以他现在只要掰开它的两条前腿套上脚绊就行了。他很容易就把生皮脚绊套到斯摩奇的脚踝上，斯摩奇朝他喷了喷响鼻，站着没动，因为克林特给它套脚绊的时候还在扇着鞍褥。

脚绊套好了，克林特拿起马鞍轻松地安在斯摩奇的背上，斯摩奇预感会有新的事情发生，但是它除了听到马镫皮带和束带发出的拍打声，没发现什么异样，于是它呆呆地站在那里不知道做什么好，只有肩膀两旁的肌肉还在抖动着，好像在告诉克林特它浑身都是劲儿，一有什么东西惹着它，它就会跑得飞快。斯摩奇一点都没有意识到自己已经被套上了马鞍。克林特给它套上脚绊的时候，它似乎感到有什么东西绑在了自己的身上，非常不安地回头猛然弓背跳了起来。

克林特早就预料到了，他知道没有哪一匹野马喜欢被束缚着的感觉。所以在斯摩奇跳起来之前他就做好了准备，稍稍松开了手里握着的笼头绳。等斯摩奇再轻轻地扯一下绳子再松开，这一招的效果非常不错，没有把斯摩奇掀翻在地，也没有让斯摩奇把背上的马鞍给挣脱掉。

"好啦，斯摩奇！"等斯摩奇猛然停下来的时候，克林特又说话了，"喂，我可不想你就这样浪费精力，如果你想跳的话，你就等我骑到你的后背上。"

斯摩奇果真不再乱动了。不过，这不是因为它真的听懂了克林特的话，而是因为它突然记起自己第一天被拴在围栏外的大木桩上时，那根绳子让它吃的苦头，它可一点也不想再那样遭罪了。

在一些书本上写着这样的话："驯马师必须摧毁野马的意志，只有这样，野马才会被驯服。"这纯粹是一种误解。一个优秀的驯马师，非常懂得怎样在马身上留下那种坚强的意志。的确，驯马可不是一件粗暴而无聊的事，实际上它是一件非常细致和温柔的事。

克林特对待斯摩奇，就像成年人对待小孩一样。斯摩奇是只要有机会就会努力学习的小孩，克林特是那个一逮着机会就努力教本领的大人。

"斯摩奇，有时候要等我用绳子拉你，你才能学会吗？这实在是太糟糕了，我打赌你根本就没把我当成你的朋友，一点都没有。"克林特伤心地说。他是对的，没错，一开始斯摩奇就把他当成了敌人，对他又踢又咬，但是渐渐地开始信任他了，尤其是当克林特帮它解开长长的缠绕在身上的绳子时，或者跟它说话，抚摸它的耳朵的时候。每天傍晚，当克林特走过来的时候，斯摩奇的心就会"怦怦"直跳，它还没有意识到自己已经开始期待这个驯马师的出现了。现在呢，在背上凭空多出来的那个马鞍又让斯摩奇动摇了对克林特的信任，它非常迷惑，是要努力反抗还是乖乖地忍受着这一切呢？

第六章　皮革发出的声音

作为一个资深的牛仔，克林特知道斯摩奇很快就会对自己身上突然多出来的那块硬东西做出反抗。为了不让斯摩奇产生厌倦感，他决定给它一些时间。他相信斯摩奇一旦知道了该怎么做，就一定会做好。

这会儿，克林特微笑地看着斯摩奇，眼神中充满鼓励。他手里牵着的绳子大概有二十英尺长，而这条绳子的那一端就是斯摩奇，他故意把绳子放松了一点。斯摩奇一心想要弓背跳起来，可是它背上的马鞍让它感到很吃力，它就变得烦躁起来，因为在这之前，它是一匹无拘无束的野马，从没有什么东西束缚过它。它警惕地叉开四肢，喷着沉重的响鼻，眼中燃起愤怒的火焰。

"斯摩奇，放松，把头抬起来。"克林特一边鼓励斯摩奇，一边走向它。斯摩奇不知道克林特要做什么，看着他越走越近，心里很害怕。克林特首先抚摩了斯摩奇的额头，接着是它的脖子。斯摩奇悬着的心这才放了下来。它想："原来这个人并没有伤害我的意思。"

克林特牵着绳子，斯摩奇只好跟着走了几步。

"嘎吱，嘎吱……"斯摩奇感受着自己背上马鞍的重量，一直在想一件事——怎么快点一下子甩掉背上这个烦人的硬东西。

"来吧，斯摩奇，让我骑上你吧！让我看看你的表现吧！"克林特一边说，一边抚摩着斯摩奇的耳朵。

斯摩奇一看到地上的黑影，就感觉克林特已经踩着马镫，准备骑到自己的身上。接着，它感到自己肚子上的皮带一紧，背上立即突起了一块肉，马鞍正好紧紧地卡住了这块肉。斯摩奇感到很难受，它立即弓起背，向上顶着马鞍。随着它的跳跃，弓起来的背就被马鞍拍打着，一下又一下。

"小家伙，你似乎把劲儿都使在了背上。看来还得多给你训练一下，让你别这么用力不均。"克林特唠叨着。不过，他喜欢马能自己保留一些野性，认为有野性的马才是好马。

这时，克林特不敢做出什么大动作，因为一个小小的动作都可能会惹恼斯摩奇。他卷起皮裤，伸展开长长的腿，然后拉低了帽檐。克林特用手指遮住了斯摩奇的左眼，然后是右眼，不过就在下一秒，克林特已经稳稳地坐在马背上了，这个动作真是漂亮极了！

"咦，我怎么忽然看不见了呢？我怎么又忽然看见了呢？"斯摩奇迷惑极了。不过，它有一点小兴奋，以为克林特突然消失了呢！斯摩奇呆呆地站了一会儿，才意识到克林特已经坐在自己总想甩掉的那块硬东西上了。它立刻想："我要把背上的马鞍和他一起甩掉。"它真的这么做了，低下头，弓起背……

背上那块隆起的肉就要和马鞍分离了！突然"啪啦"一声，马鞍又紧紧地贴合在后背上，皮革再次发出"吱吱嘎嘎"的声音，像是在对斯摩奇发出挑战。斯摩奇又害怕又激动，它毛发直竖，肌肉紧绷，

顿时产生了一种摧毁世界的力量——把整个围栏都弄得摇晃起来了，四周一片尘土飞扬，愤怒的嘶鸣声尖锐地响彻围栏上空。

克林特感受到了斯摩奇的那股野劲儿。随着肌肉的抖动，马肚子变得不再温暖、柔软了。克林特看着马鞍变了形，心想："这个时候是不是该下去呢？"他一时拿不定主意，只好尽量控制住手里的缰绳。

斯摩奇从暴跳如雷中渐渐安静了下来，张着鼻孔大口大口地喘着气。克林特依然安安稳稳地坐在马背上，他满心感激，温柔地抚摩着斯摩奇的脖子。斯摩奇瞪大了眼睛，竖着耳朵，听到克林特大声地对它说："嘿，小家伙，干得漂亮啊！真是让我惊喜——你身上竟然有这样一股力量。"

不过，斯摩奇并不是一只整天和人类相处的小狗，它是一匹在草原上、山涧中、溪畔边成长的野马。它根本不知道克林特在说什么，它的内心深处还是十分讨厌克林特骑在自己的背上。这就是驯马师和野马的较量。这种较量会一直进行下去，直到有一天他们成为好朋友为止。这个过程会非常艰难，也会非常缓慢。至少现在斯摩奇不可能把克林特当作朋友，因为在这些训练的日子里，斯摩奇总是被强迫去做一些事情，它怎么会轻易相信人类呢？

克林特对斯摩奇刚才的表现非常满意——斯摩奇刚才没有使蛮力把自己摔下马背。斯摩奇却非常郁闷地想："要是我刚才把这个两条腿的怪物摔下去的话，我就会好受多了。"但是它并不知道，今天它把克林特甩下去，迟早有一天会有一个更凶悍的驯马师来驯服它，无论是谁来驯服它，这个过程都会是非常痛苦的。

"来吧，小家伙，咱们绕着围栏跑一圈吧！"克林特心情特别好，拍了拍斯摩奇的脖子大声地喊道。斯摩奇更像是在弓着背跳跃，而不是在小步慢跑。克林特通过绳子控制斯摩奇，直到斯摩奇不再反抗。

"OK，小家伙，今天咱们就进行到这里吧！"克林特喊道，然后牵着斯摩奇走向围栏的另一边。下马的时候，他可不是贸然跳下马背，而是轻轻地扭了扭马耳朵，于是，斯摩奇的注意力就转移到了耳朵上。趁这个机会，克林特下了马？也没有，他只是右脚落在地上，左脚还在马镫上，身体靠近斯摩奇的肩膀，那里正好是斯摩奇的后腿踢不到的部位。

克林特保持着这种姿势，有一会儿没动，这让斯摩奇紧张极了，它觉得克林特就像是贴在自己身上的一片讨厌的树叶。这时候，克林特只要有一点过分的动作，斯摩奇就会毫不犹豫地狠狠地甩下他。

让马一动不动地盯着自己，这也是驯马师训练野马的重要内容之一，他希望马能从内心深处真正地接受自己，而不是因为害怕而假装接受自己。

斯摩奇看了他一会儿以后，克林特一个轻盈的动作就翻身上了马，这种一气呵成的动作并不是所有的驯马师都能做到的。克林特这个动作能让斯摩奇几乎感受不到来自背上的压力，而且马鞍也会一动不动，真是干净利落极了！

上马，下马，再上马，再下马……克林特不停地重复着这些动作。斯摩奇有点纳闷儿，有点颤抖，但是它并没有反抗，因为它觉得，整个过程就像是驯马师在给自己吃定心丸一样。斯摩奇肯定会很累，但是它知道，和克林特来硬的也没有意义。总之，斯摩奇平静下来了。

过了一会儿，斯摩奇发现克林特已经下来了，马鞍也从自己的背上移走了。它顿时松了一口气，喷起了响鼻。接着，它毫不犹豫地在那皮革上咬了一口。有谁会预料到这个呢？斯摩奇竟然以为这块皮革会永远绑在自己的身上。

克林特拿开马鞍，不断地用鞍褥摩挲着斯摩奇。斯摩奇微眯着眼睛，看起来似乎很享受。当克林特停止了抚摩，斯摩奇好像变得不太开心了，它在撒娇，似乎想让克林特再挠挠自己。

"我真担心我这样做会把你给宠坏了。你今天才是第一次背上马鞍，就开始学会要奖励了。你真是一匹聪明的马！"克林特笑着说。

一轮圆月挂在树梢上，洒落一地清辉，让那些碧绿的草熠熠生辉。斯摩奇就被拴在这块草地上。它今天表现得太好了，让它在这里吃鲜嫩的草，是对它的奖励。不过，它并没有什么好胃口。这一天的生活对它来说，非常新奇，也非常疑惑。第二天早晨，当天边的红日冉冉升起的时候，克林特去看它，发现它根本就没怎么吃草，好像在思考着什么一样，静静地站立着，显得很孤独。

克林特还要训练别的野马，但在训练的间隙，他会偶尔朝斯摩奇这边瞧一瞧，看看它有没有好好吃草，结果他发现斯摩奇只是随便啃了几口青草，显得无精打采。

斯摩奇的生活比其他的野马还要辛苦。幸运的是，在这种辛苦的生活里，克林特还是比较了解它的，他知道斯摩奇非常敏感，也很讲道理。

新的一天又开始了，斯摩奇看上去还是蔫蔫的，一点精神都没有。克林特站在它的角度考虑，决定让它休息一天——给它留一点思考的空间，让它适应一下生活方式的改变。于是，斯摩奇被放到小溪的下游。它大口大口地吃着青草，心情宁静而愉快。这个画面美好恬静，让从窗口望去的克林特欣慰地笑了，不禁自言自语道："我就说，斯摩奇是讲道理的，不过我想它明天还是会反抗，还会惦记着要把我甩下来。"

训练完九匹性情暴烈的野马，克林特就结束了一天的工作。他来到小溪边，把斯摩奇牵回了原来的围栏。这时候的斯摩奇已经和原来不一样了，它骄傲地昂着头，不再像以前那样羞涩了，对马鞍已经不那么反感了，显得淡定从容。克林特对它很满意，觉得自己还真没见过像斯摩奇这样的马呢！

"我并不赞同别人的观点——他们说马打响鼻是鼻子痒痒了，可是我觉得你是非常认真的。"克林特对斯摩奇说。

斯摩奇的确是一匹非常认真的马，哪怕是克林特在捉弄它的时候，它也是认真的。克林特决不允许任何人带走斯摩奇。他非常清楚：只有严格地训练斯摩奇，才能让它变得更优秀；只有让它和自己相处得更默契，才能够有机会把它留在自己的身边。要知道，克林特也不忍心看到因为训练难度逐渐加大而让斯摩奇受苦。

斯摩奇的眼里散发出亮光。克林特一看它的眼睛，就知道它心里的战斗欲望已经被点燃了。他决定抓住机会，对它说："斯摩奇，你是不是想加入一场战斗呢？你要挑战我是吧？那就试一试吧！"

克林特的手再一次遮住斯摩奇的左眼，斯摩奇立即知道，他就要跳到自己的背上了。它急忙摇了摇头，因为它不喜欢这样。它不喜欢驯马师稳坐在自己的背上，准备驾驭自己，它总觉得接下来可能会发生更糟糕的事情，不过到底是什么事情呢？

斯摩奇的脑子里立即闪过一个坏念头——我这次一定要把他甩下

去！斯摩奇变得淡定多了，它不会再因受惊而胡乱地跳跃，它决定观察着地面的影子，好看清楚背上的克林特何时被颠离开马鞍，它准备在那个时候凭着自己的跳跃技巧，把他甩下去。它想："我很有信心可以做到，因为我的经验已经很丰富了。"

斯摩奇故意低下头，蹦蹦跳跳的，从影子里观察着克林特是怎样坐在自己的背上的。突然，它又有了一个新的主意——我为什么不抖动一下？我可以借助背上的肌肉让马鞍变形，这样克林特一定会被这种力量颠簸起来，然后，他会失去重心，歪在一边……想到这里，斯摩奇好像听见妈妈在对自己说："你真是好样的！"它受到了极大的鼓舞，信心倍增，立即加大动作幅度，一心就想把这个驯马师甩下去，它的整个动作十分迅速，让克林特没有任何喘息的机会。它用力地跳跃着，转着圈，几乎贴着地面地弓背，再跃起，同时它紧张地注视着地面上的影子。它这样做是为了确保自己不会再跳回原地，并接住被颠起来的克林特，它可不想这样做。这时的克林特不在马鞍上，几乎是悬挂在马背上了，他用左手紧紧抓住笼头绳，每次被甩下来，又麻利地跳上去。

斯摩奇发现自己这样做，根本甩不掉克林特。于是它决定换个计划。这一次它使劲儿地甩着腹部的一侧，可是克林特就像粘贴在上面一样似的，怎么也甩不掉。折腾了几次，斯摩奇就被折腾得累了，它大口大口地呼吸着，浑身汗如雨下。

这个失败的结果让斯摩奇又失望又恼怒，它红着眼睛，昂起脖子，长长地嘶鸣了一声，觉得自己大脑中一片空白。

激烈的搏斗就这样结束了，斯摩奇觉得自己刚才只是和空气、泥土打了一仗。它又生气地跳了几下，才慢慢地平静下来。

克林特下了马，抚摩着斯摩奇的耳朵，用手指细心地梳理着它的鬃毛，对它说："别灰心，我知道你今天特别努力。"

斯摩奇输了这场搏斗，却赢得了克林特的心。他一直担心斯摩奇，却也相信它的能力，更欣赏它作为一匹马那种决不妥协的精神。

清晨，斯摩奇又在翘首祈盼着克林特的到来了，克林特的出现会让它感到十分欢喜。克林特照样是微笑着，用抚摩它的脖子的方式告诉它，昨天的战斗纯属一场友谊比赛，就像是吵了架的好朋友一样，过去了就是过去了，没有人还记得那件事。

但是要想让斯摩奇彻底放弃甩掉克林特的想法，不太容易。第三天，它跳得更厉害了，可是这次，克林特依然稳稳地坐着，一点也不恼怒。他可不会对斯摩奇下狠手，因为他知道，斯摩奇灵魂里那种好战的精神是多么宝贵。

开始训练的时候，克林特只是带着斯摩奇在围栏附近转转。不过，今天打开围栏门后，克林特竟然把它带到了广阔的平地上，看来要训练新的项目了。没错，今天克林特想让斯摩奇跑得更远一些，早已给它换了一条更长的缰绳。就这样，斯摩奇在奔跑的时候获得了瞬间的快乐，忘记了背上的负担，自由地奔跑在高山的脊背上。只有当克林特抚摩着它的耳朵的时候，它才会想起自己还和克林特在一起。经过三次的抗争和三次的失败，斯摩奇似乎发生了一些变化——它的挫败感不再那么强烈了。

今天，有一只野兔突然出现，打破了这种宁静、欢快的气氛。野兔刚从洞穴里跑出来，一下子冲到斯摩奇的脚边，把它吓得抬起腿，转了个方向就想跑，接着，它暴跳起来，不过没跳多久，就控制住了自己。因为这时候，克林特的双手就像翅膀一样，轻轻地拍打着它，

它感受到了克林特对自己的鼓励，慢慢地平静下来了。野兔也早已逃得无影无踪了。克林特带着它四处溜达了一会儿，就掉转头，带着它向围栏走去，但是他并没有把斯摩奇带进去，而是在围栏的门前来来去去，走了好几趟，这才把斯摩奇拴好。

跑了那么久，斯摩奇又累又饿。这个晚上它没有再琢磨着如何把驯马师甩下马，而是踏踏实实地睡着了。

太阳又在东方升起，训练活动正常进行，今天斯摩奇没有再密切地观察克林特，它开始观察围栏里其他的马。而在这之前，它根本就没有时间和精力去看这些。

跑圈，转身，小跑，这些都是每天不停地重复训练的项目，斯摩奇渐渐地适应了克林特的训练节奏。它已经喜欢上了被驯马师骑着奔跑的新游戏。

这一天，克林特把一根绳子拴在斯摩奇的身上。斯摩奇这次一动也没有动，它小心翼翼地，不想让绳子缠住自己。克林特拿出这根绳子的目的却不是这样——他在绳子的一端系了一个圆环。接着，他缓慢地，轻轻地，在空中挥舞着这根绳子。斯摩奇好奇极了。突然，克林特手中的绳子越转范围越大，甩到了斯摩奇的面前，把它吓了一大跳，发出了一声惊恐的嘶鸣声。不过它并没有转身逃跑，因为它知道这根绳子无比神奇，自己无论怎么跑迟早都会被拽回来的。

绳子上的圆环一次次被扔出去，又一次次被拖回来。这个过程重复了好多次，不过，绳子每次落下的地点和方向都不一样，斯摩奇看了一会儿，就没什么兴趣了。趁着斯摩奇不想再看的时候，克林特用绳子绑住了一小丛灌木，让斯摩奇往外拉。

斯摩奇的力量非常大，它把灌木连根拔起，它也被自己的力量吓了一跳，急忙跑开。由于绳子把它和灌木拴在一起，所以无论它跑到哪儿，灌木就跟它到哪儿。这个会动的东西把斯摩奇吓坏了，它实在是太可怕了。克林特为了消除斯摩奇的恐惧感，又解开了绳圈，把灌木抱到斯摩奇的眼前，斯摩奇这才发现，可怕的怪物原来只是不会动的灌木而已。看着驯马师的眼睛，它感到羞涩极了。

接下来，斯摩奇拖动了更多的东西，比如马车的碎片，比如一个巨大的煤油罐。斯摩奇发现这些东西除了发出"哐啷哐啷"的响声之外，再也没有什么能够让自己感到害怕的了。

这次，斯摩奇又长本领了——它学会了拉绳子，能拉得动相当于一匹小马驹重的东西。克林特看它学得挺快，就开始逐渐教它怎么拉紧绳子，怎么控制方向，怎么节省力气。

"嘿，小家伙，你的表现真是棒极了。"克林特大声地夸奖着斯摩奇。斯摩奇保持着对一切事物的好奇心，它微微耸起的耳朵从来不肯放过周围的一点风吹草动。只要一看见新鲜的事物，它就会激动得鼻子发抖。

甩掉它？还是信任它？斯摩奇渐渐地有了自己的判断，它开始信任克林特，因为每当它觉得害怕或是犹豫的时候，克林特的安慰总是能让它很快地镇静下来。

训练的难度还在加大。这一次，克林特把斯摩奇带到了牛群里。小牛正在原野上撒欢儿。个别的捣蛋牛在欺负其他的小牛犊。斯摩奇看着这一切，有点茫然，不知所措，它试着去制止捣蛋的小牛犊。但是它只是使用蛮劲儿而并没有什么巧妙的方法，小牛犊野惯了，当然也不服从它的管理。克林特也不着急，他只是慢慢地鼓励它，纠正它。

同时，他给斯摩奇上了如何使用缰绳和驱赶牛群这两门课。过了几天，斯摩奇终于知道自己该做什么了——负责管理牛群。不过，有时候碰到体形大的牛，斯摩奇就会围着拴牛的绳子转，或者围着那头牛转圈，等它弓背暴跳，或者大声地叫唤，斯摩奇就会上前制止它，而骑在它背上的克林特会掌握时机套住那头牛。

斯摩奇喜欢做这件事，就像一个孩子喜欢上了一项新游戏一样，迫使那些性格野蛮的母牛掉头，让它觉得非常有成就感。它更喜欢当牛的领导者，就像以前它曾经领导一个马群一样。它玩得高兴极了。

"小家伙，你进步得真是太快了。"克林特对斯摩奇说。在傍晚散步的时候，他总是教它如何追赶，如何控制。斯摩奇会认真地思考怎么使自己的技巧变得更出色。它不再害怕新事物，反而觉得斗志满满。

渐渐地，斯摩奇从牧牛中获得了不少快乐，喜欢上了现在的生活。它也渐渐地不再怀念以前和妈妈、鹿色马一起度过的日子。现在它喜欢和克林特在一起的生活，每当克林特给它布置了新的任务，它都会特别兴奋。

斯摩奇每天精力充沛，似乎想要做更多的事情——这正是克林特期望的结果，看来，自己的一切努力都没有白费，一切的训练都是有效的。不过，克林特知道，他现在要防止斯摩奇产生厌倦情绪。克林特希望斯摩奇把生活当作一场有趣的游戏，玩得开心，他不愿意给斯摩奇的心灵带来任何负担。

群内回复"汤姆·索亚历险记"，
可获取《汤姆·索亚历险记 世界儿童文学经典》音频资源。

第七章　斯摩奇流露真情

夏天的午后，太阳火辣辣地炙烤着大地，空气中没有一丝风。一个老牛仔骑着一匹棕色的大马在草原上慢慢地跑着。

这个老牛仔叫杰夫·尼克斯，它是摇R牧场中赶牛马车队的统领。现在，赶牛马车队春季的活儿都干完了，下次的活儿又没有开始，这一小段难得的空闲，被杰夫视作自己的黄金时段。他把车队交给副手照看，自己骑上最好的马，在摇R牧场里到处闲逛，既能放松游玩，又可以了解一下牧场的整体情况。

一路上，不管是蹚过小河，还是穿过杨树林，这个老牛仔都会仔细地观察四周的地形，这是他的习惯，既能给胯下的坐骑选好路走，又能保证自己的安全。突然，他看见前方很远的地方扬起一阵尘土。老牛仔一眼就看出这不是人和动物奔跑时扬起的灰尘，而是有什么东西被拖着走的时候弄起的尘土。

杰夫勒住马细看，很快看到这阵尘土中罩着一匹马的身影，而这匹马的身子一侧，似乎拖着个什么大包裹。马一步步稳稳地向前走，包裹也跟着晃来晃去。

　　杰夫凭直觉猜测前边应该是发生了什么事故。他扬鞭策马，向那边急驰而去，很快就到了离那匹马只隔着一座小山丘的地方了。这时候他才让自己的那匹棕色大马慢下来，并最终勒住了缰绳，下马站住。杰夫为什么不直接过去呢？因为他知道如果那个深色的大包裹是一个被绳索绊住了的骑马人，而那马又是一匹烈性的野马，自己这么突然跑过去，肯定会让野马受惊。野马要是狂奔起来，骑马人就危险了，所以他得先摸清情况。

　　于是，杰夫往前走了几步，透过茂盛的牧草，看见山丘下约五十码（1码=91.44厘米）的地方，有一匹灰褐色的马。从马笼头的样式来看，这应该是一匹才驯了一半的马。但这马现在所做的事情，就连那些完全驯化了的、温顺的牧牛马恐怕也难以做到——它正拖着自己的主人，稳稳地向前走去。而那个人所靠的马身上的一侧，是骑马人上马时不常用的那一侧。忽然，杰夫认出那个被半拖着的人，正是他的驯马师克林特。他真想立即冲下去帮忙，但是他又克制住了，因为他还是怕自己突然冲下去，会让那匹马受惊狂奔，而且他也不清楚，克林特那样吊在马的一侧，有没有用劲儿抓住马鞍。

　　他看得出来，克林特还活着，但意识已经不清醒了。因为如果他还清醒，是绝不会那样吊在一匹半驯化的野马身侧的，那太危险了！杰夫一边着急，一边看着人和马。这时，他才发现这匹马一直是在朝着克林特的马棚走。他更加仔细地观察着，惊喜地发现这匹马并不是单纯地拖着克林特在走，而是扶着他在走。它每迈出一步都十分谨慎，尽量照顾着靠在身侧的人。它还会观察克林特的每个动作，只要克林特的脚步变慢了，跟不上了，它就会放慢脚步，甚至停下来，等着克林特稍微恢复后再一起前行。

看着眼前的这一切，杰夫惊讶得张大了嘴巴，内心深受震撼。又过了一会儿，那匹马路过一块巨大的石头，它在巨石旁停下来，似乎是想让克林特借助巨石爬上马鞍……杰夫这下更吃惊不小，静静地看着这一切。

克林特似乎还有一点本能，他近乎摸索地往马鞍上爬。不过，他努力了几次，都没有成功，那匹灰褐色大马则一直站在那里，耐心地等待着克林特，有时还会轻轻地挪动身子，去尽力配合它的主人。半小时后，克林特终于在这匹马的耐心帮助下，借助巨石爬上了马背，但整个人也立即瘫软下来。克林特就那样松松地挂着，这时候那匹马想做什么就能做什么——弓背，跳跃，狂奔，甚至猛然抖一抖——它想怎么做就怎么做。但是它只是继续静静地迈着小步，慢慢地、稳稳地向前走。

杰夫简直惊呆了，他回过神来，一边骑上自己的那匹棕色大马远远地跟着，一边忍不住自言自语："我也骑过成千上万的马了，哪里见过这么聪明的马？它还会耐着性子让克林特从不舒服的那一侧爬上马鞍。这耐性，也许我骑的这匹性格温和的老马都不具备。算了，我还是不下最终结论了。不过，我还是觉得这匹马的头脑里装着某些不可思议的想法，而且它的感情也丰富极了，到了适当的时候就会表达出来。"

这样走了好几个小时，马棚终于到了，杰夫驱马上前，挨个在围栏外面寻找着那匹灰褐色大马，很快，他就发现那匹马正挨着一个围栏大门静静地站着，像在等着什么，它身上的克林特已经完全昏过去了。

杰夫继续骑马上前，但很快就勒住了马缰绳，因为他发现那匹灰褐色大马也看见了自己，它不安地动了动，那动作、那神情都是在警告自己不许靠近。杰夫抹着额头上的汗水，想："就算这匹马不发动攻击，但是只要它一转头，那背上的克林特就会栽倒在地。"杰夫没办法，只好原路返回，慢慢地退出，退到那匹马的视野之外，然后再兜着圈子，迂回地靠近。最后，到了距离那匹马只隔几个围栏的马棚外。

杰夫下了马，把自己的棕色大马藏在隐蔽处。然后，他轻手轻脚地走到马棚边，透过墙上的小洞往那边窥视过去。那匹灰褐色的骏马竟然还静静地待在那儿，克林特也仍然昏在马背上。接下来该怎么办哪？杰夫左右为难，如果自己就这样过去了，马一受惊，狂奔起来，克林特就……可也不能让他就这样老在马背上昏着呀！

思来想去，他决定冒点险。他轻手轻脚地往那匹马面前走去，一边走，还一边友好地对它说着话："嘿，你好，我知道你救了他。你真是一匹好样的马！你别怕，我只想帮助他。"这一招还真管用，因为那匹马的眼睛里虽然有些怒火在燃烧，但是没有露出惊慌的神色，身子也纹丝不动。但是杰夫要想再往前走几步，马眼里的怒火又旺盛起来了。杰夫只好停下脚步，一边生气这匹马的阻挠，一边又在心中赞叹这匹马——在主人遇到危险时，它有情有义，努力保护主人。

杰夫并不知道这匹马的经历，从克林特第一次给斯摩奇放马鞍，到现在已经两个多月了。两个多月来，它和驯马师的对抗一直没有停止，有时还会异常激烈。换一个别的驯马师，可能烈性的斯摩奇早就要了他的命，但克林特没有丧命，他赢了——慢慢地，斯摩奇越来越信任克林特了。

不论斯摩奇做了什么事，克林特都对它非常友好，这种友好，让

斯摩奇对克林特在信任之外，又增添了喜欢的感情。每次克林特过来给它套马鞍，要带它去玩绳子套牛的游戏时，它都会激动而欢快，脸上的表情真像是人在微笑。

但除了克林特，斯摩奇还没有见过其他陌生人。在它看来，其他人仍然是敌人，是怪物，所以它想："这个走过来的怪物既然是我的敌人，那一定也是我的搭档的敌人。现在我的搭档需要我的帮助，那怪物若再敢靠近他，我一定把他踢个半死。"杰夫看见的斯摩奇眼中旺盛的怒火，就是在诉说这些。

不过，杰夫并不知道斯摩奇的这些想法。他站在那儿想了好久，最终还是觉得自己不能冒险，否则反而可能会害了克林特。杰夫决定试试用绳圈套住马头，将它拖进围栏，可是他刚拿起绳子准备动手，忽然发现克林特似乎动了一下。他激动地大喊："醒一醒，克林特，快下马！"

听到杰夫的声音，克林特把头微微地向这边抬了抬，杰夫大声地向他解释当前的情况，他似乎明白了一些，想重新坐起来，但脸上立即露出极其痛苦的表情。杰夫怕他再次昏过去，于是大声告诉他："别坐起来，先抓住马鞍，斜着滑下来。"

过了好长时间，克林特才抬起一条腿，跨过马鞍，从斯摩奇的身侧滑下来。整个过程中，斯摩奇一直稳稳地站着，两眼紧紧地瞪着杰夫，警告他不准上前。

杰夫站在原地继续用语音"遥控"："克林特，你走进围栏里，它一进去我就关上门。"

一切进行顺利，杰夫刚一关上围栏的大门，克林特立即两手一软，瘫在地上，不省人事。杰夫从围栏的空隙中伸出手去，正好够得着他，但为了稳住斯摩奇，他费了很大力气，才把克林特从围栏底下弄出来。杰夫抱着克林特走出马棚的时候，还忍不住回头看了一眼，他真有点担心：那高高的围栏关不关得住这样一匹聪明的马。

杰夫抱着克林特回到屋里，把他放平躺下，细心地照顾着他。夜幕降临的时候，克林特终于恢复了意识。杰夫从煮着肉干的锅里盛了一碗又浓又香的肉汤，端给他。克林特用鼻子闻了闻肉汤，又望了望四周，开口说的第一句话是："斯摩奇在哪儿？"

"你说的就是你骑的那匹灰褐色的老是一副凶相的家伙吧？"杰夫说，"它现在在围栏里，正在担心我会不会吃了你呢！"

克林特不太明白杰夫的意思，有点着急地问："你能不能帮我把它背上的马鞍拿下来？把它拴在木桩上，好让它吃点东西。它很温顺，会很配合你的。"

杰夫哼了一声，大笑着说："啊，我的耳朵没听错吧？给我整个牧场，我也不敢再和那个家伙打交道。恐怕那个家伙见到我，也只是盼着一脚就把我踹翻，它可能还会把我的脑袋踢得飞出围栏呢！"

斯摩奇整个晚上都在围栏里转来转去，焦躁不安，它忘记了背上的马鞍，也没有想起吃草喝水。它牵挂着自己的好搭档，它明白好搭档出事了。昨天它一直努力帮助他，而偏偏在那个时候，又冒出那个陌生的怪物，把搭档给带走了，它越想越着急。

第二天是个大晴天，太阳越升越高的时候，杰夫扶着克林特下了地，架着他走到那个围栏边，接着，克林特独自晃晃悠悠地进了围栏，斯摩奇立刻欢叫着迎了上来，它的两只耳朵朝前竖着，两只眼睛闪着欢快的光芒，注视着自己的搭档，像是有些问题要问。突然，它看见了围栏外不远处的杰夫，瞬间神情全变了，双耳都竖到脖子后

面，两眼怒视着杰夫。

克林特注意到了斯摩奇的这个变化，一回头，看见杰夫，立即什么都明白了。"乖，别害我得罪人了。"他大笑着对斯摩奇说。杰夫可笑不出来，他觉得自己现在最好是先走远一点，免得惹怒那个恶狠狠的家伙，这样自己也更安全一些。克林特卸下马鞍，牵着斯摩奇去吃了草，喝了水，好长时间才回到杰夫这边来，并在他的帮助下，回到了屋里。

喘了一会儿气，克林特说："你知道吗？杰夫，我不想再当驯马师了，我考虑了很长时间，觉得自己应该停止做这个工作了，尤其是经过这次事故以后。"

"到底发生了什么事？"杰夫好奇地问。

"这都怪一头愚蠢的奶牛，"克林特愤愤地诉说了事情的经过，"我们追它，但它太机灵了，跑得也飞快，我就让斯摩奇几次截住它，逼着它掉头回来。我扔出绳套，但没套住它，那奶牛前脚才进了绳套，我就急急地往回转，可能是用力太猛，那头奶牛突然栽倒在地。事情发生得太快了，也太意外了，斯摩奇又跑得太快，刹不住脚步，一下子撞跌在奶牛身上了。我还没回过神来呢，那头蠢牛忽地一下就站起来了，把斯摩奇顶得飞起老高，在空中翻了几个跟头，而我就坐在斯摩奇的身上。接下来又发生了什么事，我就不知道了。直到现在，我还觉得背上好像被什么沉重的东西压着一样，我想可能是掉在地上时，斯摩奇把我压在了下面，但肯定是那头愚蠢的奶牛踩着了我，才使我失去了知觉。别担心，杰夫，我过几天就会好的，但背上的这个伤痛有可能会一辈子都伴随着我。几年前，我在三C牧场工作时，在训练一匹性格暴烈的黑马时也曾受过伤，除了这两次明显的伤，有时身体的其他部位也会不舒服，所以我不想再去驯服那些烈性的野马了，身体太遭罪了。杰夫，如果你能让我到你的马车队里当牛仔的话，我会很乐意把自己的工作让给别人的。"

克林特说了这么多话，感觉特别累，稍微停顿了一会儿，又接着说道："但是我有个请求，杰夫，如果你答应我，让我留在牧场工作的话，我希望你同意一件事——让斯摩奇和我在一起，只要我在牧场，就让它一直在我身边吧！"

这是克林特看到斯摩奇第一眼时就开始在心里琢磨的事。他太喜欢马了，那种喜爱可以称作陶醉，而对于斯摩奇的喜爱就更加浓烈，他想把它占为己有。但只要自己是驯马师，驯好的马就会被人带走，斯摩奇也一样，这也是让克林特下定决心改行的一个重要原因——只要不做驯马师，他就有可能一直骑着斯摩奇。当然，他不做驯马师，斯摩奇仍有可能被别人抢走。他知道杰夫在旁边看着斯摩奇的时候，已经是满脸赞赏了。但他只有做出这个冒险的选择，才能给自己和斯摩奇一点机会。

杰夫却并没有回答，低头想了想，反问他："你驯养那匹马有多长时间了？"

"两个月多一点。"克林特一边回答，一边满心疑惑杰夫为什么问这个。

"大约一个月前不是有几个人来带走九匹驯好的马吗？"

"是的。"

"那你怎么没把斯摩奇一起交给他们呢？它当时不是也跟那些带走的野马一样，接受过了所有的训练吗？"

克林特双眼凝望着远方，出了一会儿神，顿了顿，微笑着说：

"那个……杰夫，我想，你知道为什么。"

杰夫当然知道那几个人来接手驯好的野马时，克林特特意把这匹马藏起来了，而且，昨天他亲眼看到了那些让自己惊奇的事情，更知道这是为什么了。杰夫微笑着伸出双手，放在克林特的肩上，这是在无声地说："嗯，我完全理解你。"

"只要我还在牧场，"杰夫接着说，"我随时都欢迎你加入我的马车队。克林特，我还会给你最高的工资，以及我这里最好的马。至于斯摩奇，我肯定也会喜欢那匹马的。"

克林特的心再一次提到了嗓子眼儿，他差点呛住了。杰夫接着说道："是的，我确实也想要它，但我考虑了一番以后，觉得它应该只属于你，而不属于我和牧场。那是一匹只属于一个人的马，这个人就是你。即使有一天它喜欢上我……不，这不可能，我只是假设。我也不会把它从你身边抢走，因为通过昨天那个事故，我看清楚了你和那匹马的感情有多么深厚。"

克林特放心了。他原以为自己很快就会好起来，可是过了一周，他的伤还是不见好转，上班时浑身没力气，脊背跟断了似的，根本不敢弯腰，连马鞭都捡不起来。

有一天，一个新来的驯马师接替了克林特的活儿。克林特就经常到别的围栏转悠，有时和这个新来的驯马师聊聊天，有时也跑到河边大柳树的树荫下，因为那里拴着斯摩奇。自从杰夫走后，克林特就开始用一种全新的目光来看待斯摩奇。他想："这次事故，再加上杰夫的到来，把斯摩奇内心的情感都激发出来了，这匹马竟然对我有这么深厚的感情，真让我自豪。现在，斯摩奇也终于属于我了，我不用再担心它被别人抢走了。"

一个月过去了，摇R牧场的赶牛马车队整装待发，准备开始秋季的赶牛工作了。那些奶牛带着刚断奶的小牛犊，正在四处寻找藏身之处，杰夫·尼克斯的马车队现在共有二十二名牛仔，克林特也在其中。

克林特休养了一个月，斯摩奇也跟着休息了一个月，现在，克林特的身体已经恢复了，又能骑马了！那天早上，当克林特再次给斯摩奇套上马鞍骑出围栏时，斯摩奇不再像以前那样乱蹦乱跳，只是高高兴兴、老老实实地走着路。

几天后，克林特骑着斯摩奇，到达了牧场的中心营地。斯摩奇第一次看到牧场中心营地的景象：到处都是牛仔，多得简直看不过来，围栏里到处都是马，还有好多好多的马车和帐篷。一个又胖又壮的厨师从屋里冲出来，大步走上前来，要和克林特握手，斯摩奇向他喷了个响鼻，吓得他向后退了好几步，差点摔倒在地上。

"哎呀，克林特，"厨师笑嘻嘻地嚷嚷着，"我听说你现在不当驯马师了，那你现在骑的这匹神经兮兮的马是匹什么马呀？"

"算是一匹神马呗，哈哈！"克林特说完大笑起来。他卸下马鞍，把斯摩奇关进了围栏。斯摩奇顿时觉得一阵轻松，它打了个滚儿，站起来，抖了抖身子，跟别的马打起了招呼，虽然一开始并没有哪匹马想和它做朋友，但是它也不介意，仍然欢快地四处走动，想把附近都看清楚。

斯摩奇遇到一匹枣红色的马，它吃惊地停下脚步，因为它觉得似乎有些面熟。那匹小马可能也觉得斯摩奇有些面熟，立刻友好地迎了上去，它俩低下脖子，碰了碰鼻子，很快，它们就像亲兄弟一样，互相蹭起脖子来了。

　　它们确实就是亲兄弟，这匹枣红色的小马驹，就是三年前马群里斯摩奇的弟弟，它叫佩科斯。现在它刚出生时的那一身胎毛褪掉了，长出了漂亮的枣红色的毛。几周以前有个牛仔将它赶进围栏的时候，不禁欢喜地大喊："这匹枣红色的马可以做牧牛马。"杰夫非常赞同他的看法，这才使佩科斯和斯摩奇两兄弟相逢。

　　正在这时，克林特打开围栏，和杰夫一起走了进来，他是来让杰夫确认自己的坐骑的。斯摩奇抬头看了两人一眼，又警惕地看了杰夫一会儿，就低头继续和弟弟蹭肩膀去了，它觉得自己的搭档现在已完全恢复了体力，不需要自己的帮忙了。

　　斯摩奇注意到，围栏外，好几个牛仔正在观望着自己，还在说着什么。其中一个牛仔说："斯摩奇真是一匹好马！"另一个牛仔很是不屑地说："哼，克林特把这匹马训练成自己的专用坐骑了。"

　　那天晚上，马们被放出围栏，带到草地上，斯摩奇和弟弟高高兴兴地结伴吃草，结伴喝水。天快亮的时候，有人把马们都赶回了围栏，太阳升起时，赶牛马车队的牛仔们都已经跨上了马背，杰夫一挥手，几辆马车穿过大门出发了，炊具车、睡具车、柴火车——三辆马车一字排开，后面紧跟着两百匹牧牛马组成的马队，马队两侧是二十二名牛仔，他们都骑着马，跟着马队向前飞驰。

　　秋季的赶牛工作正式拉开了帷幕……

第八章　斯摩奇开始了新生活

　　这是斯摩奇第一次参加秋季围捕野牛的活动，对它来说，就像是小孩子第一天上学，到处都是新奇的。斯摩奇瞪大了眼睛，到处看；竖起了耳朵，用心听。它生怕漏看、漏听了什么。没见过的东西实在是太多了，它觉得自己的眼睛和耳朵简直都忙不过来了，恨不得多长几只眼睛、几只耳朵。

　　几辆大马车一路穿过平原，翻过丘陵，发出吓人的"嘎吱嘎吱"声，紧跟着，赶牛马车队发出密集而又深沉有力的马蹄声，让斯摩奇觉得那些牧牛马是在受惊狂奔，它听得心里一颤一颤的。

　　牛仔太多了，斯摩奇觉得他们靠自己太近了。偶尔还会有几匹马突然狂奔乱蹦起来，想把背上的牛仔摔下去。看到这种情形，斯摩奇好几次都想发疯，逃离这些吓人的大马车，逃离这一大群混乱的陌生人。

　　好在当它每次要爆发的时候，都会有那只温和友好的大手来拍拍它的脖子，还有那极为熟悉的声音来对它说上一句话："嘿，有你的好搭档克林特时刻在你身边呢，你什么也不用怕。"这让它最终安静

下来了。

队伍继续前行，克林特轻轻勒住马缰绳，故意让斯摩奇缓缓地游荡在大部队的后面，以利于它休息身体和缓和情绪。走在队伍后面，斯摩奇能够好好地观察队伍里正在发生的所有事情了，慢慢地，它不再害怕什么，反而觉得这也有趣，那也好玩。它兴奋得小步慢跑起来，两只耳朵一会儿竖向左边，一会儿又竖向右边，动个不停。

鲜红的太阳升到头顶上的时候，队伍最前面的人举手画了一个圈，队伍立即停了下来。大家一起动手搭起一个临时的营地，厨师们开始煮饭，牛仔们忙着把所有的马都赶进用绳子围起来的围栏中。

斯摩奇兴致勃勃地看着眼前热闹、繁忙的景象，有时还会轻轻喷出两个响鼻，好像在说："嘿嘿，以前我真不知道还有这么多的新鲜事呢！"

"草原上的先生们，来吃饭喽！"厨师们开始呼唤起来。

克林特走过来，摸摸斯摩奇的耳朵和脊背，把它牵到绳子圈成的围栏旁，卸下马鞍，让它进去和别的马待在一起。

"斯摩奇，去到处转转吧！"克林特一边关门一边说，"注意，别让那些坏蛋欺负你。"斯摩奇转过身向克林特望了一会儿，仿佛在问他："你要去哪儿？"克林特笑着点了点头，指了指人们吃饭的地方。看着斯摩奇转身慢慢消失在马群中，他才回去吃饭。

吃完饭，牛仔们把那些锡制的杯子和吃饭用的碟子满满地堆在收餐具的平底锅上，起身向绳子围栏这边走来。很快，一个个结实的绳圈像一根根伸长的手臂，在马群头顶飞舞呼啸起来——这是牛仔们在给自己挑选坐骑。

虽然牛仔们都尽量保持安静，马们也确实极少受惊，但看着那些蛇一样扭来扭去的绳圈，斯摩奇内心深处还是会感到强烈的不安，因为它永远也忘不了，自己第一次被两条腿怪物的绳圈套住后摔倒在地时那种刻骨铭心的无助和绝望。听着那些绳圈的呼啸声，它觉得脑袋都要炸了。看着那些陌生的牛仔舞弄着那些讨厌的绳圈，它本能地想逃，努力想藏到马群中间去，但中央位置并不一定安全，因为谁都不知道那些绳圈能飞多远。

斯摩奇满心惊慌地在马群中穿来穿去，最后竟被挤到了围栏边上，它想挤到马群中央去，却发现自己一点都动不了了，只能干瞪着眼，惊慌地看着这一切。正在这种万分难熬的时刻，斯摩奇忽然听到了马刺上的小齿轮发出的声音，很快，它发现了克林特的背影。他正牵着一匹陌生的马往放着马鞍的那边走去。斯摩奇立即抬起头，伸长脖子，向克林特那边嘶鸣起来。

这嘶鸣声够大的，克林特立即转过身看到了斯摩奇，说："怎么了，斯摩奇？不要怕！"他一边笑着一边走了过来，把手放在斯摩奇的脖子上。他感觉到它的心"怦怦"地跳得厉害，他惊奇地摸着斯摩奇的背，直到它的心跳慢慢地平静下来，看来这匹马还真是信任自己呢。克林特想到这里觉得好开心。

等斯摩奇完全平静下来了，克林特才去给刚才选好的那匹马套马鞍。斯摩奇又感到不安了，它咬了一下克林特的护腿，好像在说："你……你能不能再陪我一会儿啊？"克林特真的又陪斯摩奇待了一会儿。虽然和别的牛仔一起收拾行装是自己应尽的职责，但是克林特还是一直陪着斯摩奇，直到其他牛仔都骑好了马，有人来放牧牛马出去吃草的时候，他看着斯摩奇的身影融入牧牛马群中了，才转身来和别的牛仔一起收拾残余的东西。

最后马们都吃了草，行装也收拾停当了，三辆大马车又连在一起，开始出发了，第一次围捕就从这天下午开始了。

赶牛马车队几乎每天都会在不同的地方扎营。速度慢，就扎营两次；速度快，就扎营三次。围捕从马车队扎营的地方开始。统领杰夫带着牛仔们先骑到离营地十到十五英里远的地方，然后在某座小山后面停下来，牛仔们开始两人一组，有的向左，有的向右，有的直接向前，这样呈扇形发散开来。到达某个地方后，他们再把一路上遇见的牛都赶回来。牛仔们的这种围捕范围平均在二十五英里左右。

虽然经常换地方扎营，但围捕的重点都以离营地近为准。距离营地一英里的地方，还有个处理牛群的筛检场。每次围捕的牛都被赶到这里来，烙上印记。不要的野牛也会从这里筛检出来。统领杰夫看着大家在太阳下精神抖擞地骑着马准备开始围捕，不禁笑了，为自己有这样一支出色的队伍而深感自豪。

克林特正骑着的一匹马名叫乔波，是围捕队里最出色的马之一，但克林特并不太喜爱它。当他骑着马准备离开赶牛马车队时，他的两眼仍一直往赶牛马车队那边瞧，想在扬起的尘土中找到斯摩奇的身影。

斯摩奇刚出发不久，就在赶牛马车队中遇上了自己的弟弟。哥俩高兴地嘶鸣着打了一声招呼，就肩并肩上路了，一路小跑地跟在马车队的后面。队伍中十二匹年龄较大的马脖子上都系有铃铛，每当队伍前进时，这些铃铛就会发出有规律的叮当声，这在斯摩奇听来，是那么悦耳。

下午两三点钟的时候，队伍到达一条大河的下游地带，那里长有许多柳树和杨树，牛仔们一起动手，开始在这儿搭建当天的第二个营地。负责马群的那个牛仔第一件事就是放开马，让它们到营地附近自在地散步、吃草、喝水、打滚儿。只要是白班的工作，都在他的职责范围内。干别的活儿的时候，他也还得随时留意着马群。如果哪匹马有逃跑的迹象，他得立即跨上自己的坐骑，将那匹马赶回马群，之后，还必须留在那儿多观察一会儿，确认它不会再逃跑了，才能转身离开。好多干这个活儿的牛仔都会用马太难管作为借口来逃避职责，这还真是一个有效的借口呢。

不过，斯摩奇和弟弟佩科斯今天却没有给这个牛仔用这个借口的机会，它俩看来非常听话，好像对一切都很满意，美美地饱饮了清凉的河水以后，又在原地打了几个滚儿，然后一起尽情享受丰美的牧草，最后安静下来，一边咀嚼牧草，一边享受着清闲和阴凉。斯摩奇有时会抬头看看四周的山脊，望几眼远处的营地。营地上，厨师们正在做饭，不时发出各种声音，在它听来，都是那么新奇、有趣。它还不时地听到远处传来的阵阵嘶鸣声，听着这一切，再看看身边的弟弟，斯摩奇真是完全陶醉了！

太阳快下山的时候，斯摩奇看见南边不远处扬起了一阵灰尘。那漫天尘土越来越近，越来越浓。伴随而来的还有一种沉闷的隆隆声，很快，斯摩奇听明白了，这是好多头牛一起怒吼的声音，紧接着，它看到了黑压压的一片，估计有一千多头野牛呢！这是牛仔们第一次围捕的收获。各种各样的牛都有：老年的，中年的，小牛犊；红的，黑的，白的，带花纹的。这些野牛被牛仔们骑着马追赶着，从山顶冲下来，飞奔向营地边上的筛检场。

看见这奔来的野牛，负责马群的牛仔立即将所有的牧牛马，连同斯摩奇兄弟俩赶进了用绳子圈的临时围栏中。赶牛回来的牛仔们需要换坐骑，所以绳圈很快又在围栏上空飞舞、呼啸起来。新坐骑选好

后，大家又一起骑马奔向筛检场，去筛检他们刚赶回来的那群野牛。

刚才绳圈在头顶呼啸时，斯摩奇心中不由自主地害怕起来，它好像曾听到那个熟悉的声音在喊："怎么样？"它正努力找地方躲藏，紧张得都忘了嘶鸣回应了，过了好久，一切安静下来后，那个牛仔又来把牧牛马们放出围栏吃草。斯摩奇看见弟弟佩科斯，才想起刚才是弟弟在呼唤自己，兄弟俩高高兴兴地跑到前面。

筛检场就建在马们吃草的地方的对岸。很快，斯摩奇看见一些牛被筛检出来，它们被放出来后，会重返牧场。不久，斯摩奇灵敏的鼻子闻到了一些毛皮被烧焦的气味，同时听到了此起彼伏的牛的怒吼声。

有时长长的绳圈还会飞舞起来——是牛仔们在抓回那些想要逃跑的强壮的公牛，斯摩奇远远地看着筛检场中的一切，觉得那里的事情自己似乎有些熟悉，但又不明白那究竟是在干什么。斯摩奇心中忽然升起一种很强烈的渴望，想靠近那些牛，弄清楚它们到底在干什么。

终于，一切都结束了，烙铁收起来了，绳圈也收起来了，听不见牛的怒吼声了，也闻不到毛皮烧焦的气味了。斯摩奇低下头继续吃草，听着营地那边餐具碰撞的声音和牛仔们的谈笑声。

再过一阵，第一轮值夜班的四个牛仔开始骑马去和白班的牛仔换班，夜幕渐渐降临，原野上迎来了寂静。连筛检场中刚才那些狂奔怒吼的牛也都完全安静下来了，马脖子上的铃声也沉寂下来了，马们也打起瞌睡了。斯摩奇也闭上了眼睛，但它的耳朵很快又竖起来了，因为它听到营地那边传来了一些它从未听过的声音。营地这边，除了值夜班的四个人，全体人员都围在一个火堆周围，有的半躺着，有的坐着，有的倚靠着，静静地听着离火堆最近的牛仔吹口琴。

斯摩奇听到的就是这个牛仔的口琴声。实际上队伍中的老马是很熟悉这种声音的。要是有音调的话，可能好多马也能跟着一起哼唱呢。正吹奏的这首歌，已经在这片草原上传唱了好多年。这是一个印第安牛仔创作的歌曲，他把这首歌传给了儿子，儿子又追随他的足迹，继续前进。一听到这首歌，那些牛仔总能想到自己在外漂泊的经历，激起无尽的乡愁。

我是一个得克萨斯牛仔，远离自己的家乡。

若能回到家乡，我绝不再流浪。

怀俄明太冷，冬天太过漫长。

又到围捕的季节，口袋空空我好心伤。

牛仔们跟着口琴一起积极投入地唱起了这首歌，即使偶尔有人唱错一点，也没有人去注意。一首歌唱完，所有人还想接着唱其他的歌曲，有的牛仔拉下帽檐，凝望着火苗，任由思绪漫游在被刚才这首歌激起的无尽往事和乡愁之中。

一时间周围很安静，只听见柴火燃烧的噼啪声，有个牛仔正要另报一首老歌的名字。忽然大家听到了牧牛马群那边传来一声嘶鸣，克林特向牧牛马群望去，脸上露出微笑，这声嘶鸣是他的斯摩奇听完第一首歌后向这边做出的回应。

天刚蒙蒙亮，马们就被赶回围栏中，绳圈又开始在头顶飞舞，牛仔们又要选坐骑开始新的围捕活动了。没被选中的马很快又被放出围栏去吃草，同时大家一起参与营地的活儿并整理行装，一切又像昨天一样开始了。斯摩奇已经慢慢习惯了绳圈在头顶飞舞，习惯了陌生的牛仔们出现在面前，不再那么紧张了，昨天晚上马群在外面过夜时，它还在弟弟的腰上轻轻咬了几下，觉得很好玩。

除了被关在绳子围栏里，斯摩奇一直都很开心。它喜欢周围有好多好多的同类，更喜欢牛仔们赶着牛回来时扬起的那漫天尘土，以及野牛发出的沉闷的怒吼，这些都让它心跳加速。

第三天早上，克林特来问统领杰夫："今天上午的围捕范围是不是很大？"杰夫当然明白克林特在想什么，他笑着回答："去骑你的斯摩奇吧，克林特。我会把它安排在内圈，免得让它太累。"

克林特一出现在绳子围栏中，斯摩奇就高兴地迎了上来，而克林特手中也确实只拿着缰绳，并没拿绳圈，这在摇R牧场真是前所未有的事，马们都羡慕斯摩奇享受了没有绳圈之苦的优待，牛仔们也蛮羡慕克林特，因为极少有哪匹野马会死心塌地地喜欢一个牛仔。

感觉到马鞍等放到身上时，斯摩奇微微地弓起了背。

"今天上午你又想把我这身老骨头颠散吧，斯摩奇？"克林特笑着问它，确实如此，克林特刚一坐好，斯摩奇一低头猛地跳了起来，一边在原野上狂奔，一边发出雄壮的吼叫。在这个寒冷的清晨，这是一匹精力十足的骏马的优秀表现，克林特很喜欢去拍斯摩奇圆圆的屁股上沾着的那些灰尘，而斯摩奇也正在为自己能让好搭档"颠簸一番"而高兴不已。遛了一会儿马，克林特勒住缰绳说："歇一歇吧，斯摩奇，等会儿有你用劲儿的时候。"

离开营地大约有二十英里了，杰夫让大家在一个山丘停下来，新的围捕野牛的活动又开始了。克林特和另一个牛仔最后离开，他俩在内圈，负责把所有看得见的野牛尽量往中间赶拢。忙了一阵，也聚拢了一些牛后，斯摩奇又注意到远处的左右两边扬起了漫天尘土，尘土越来越近，伴着吼叫声，啊，又是上千头牛，牛仔们将这一大群野牛和克林特聚拢的牛会合在一起，赶着它们，随着尘土涌进筛检场。

野牛进入了筛检场，斯摩奇也觉得很累了，它整个上午都在围捕那些乱窜的野牛，一头接着一头的，没完没了。它觉得背上戴马鞍的地方热得难以忍受。虽然它的好搭档不时地解开绳带，掀起马鞍，让它背上享受些凉风，但是那里很快又热得难受。一到营地，克林特就给斯摩奇卸下马鞍，一种轻松的感觉立即蔓延到它的全身，克林特又把它牵到小溪边，用清凉的溪水给它洗了个澡，顿时，斯摩奇感到浑身一阵清爽，几乎忘记了一上午围捕的辛苦。克林特把它放回绳子围栏时，它又觉得轻松自由了。

过了一会儿，绳圈又开始在围栏上空呼啸起来，不远处斯摩奇的弟弟被套中了，接着被拉出了绳子围栏，没被套住的马们又被放出来吃草。斯摩奇正在往围栏外走，突然看到克林特在给另一匹马上鞍，它停下来静静地看着，想不明白这是怎么回事，直到管马群的那个牛仔来赶它，它才回过神来跟着马群到了草地上。

斯摩奇为能这样静静地吃草、休息而感到开心——它已经会赶牛了，绝不再是一匹没有驯养过的野马了。它甚至开始用洞悉一切的眼神来看待别的牲畜。它一边吃着草，一边在想着赶牛的工作，自己已经完全能胜任了，自己和那些所谓有经验的老马其实并没有什么差距。它带着这些颇为自大的想法，在那些老马那里又会受到打击，因为那些老马还是不让斯摩奇靠近它们，把它当作一匹刚被驯化一半的野马。

斯摩奇虽然有点自大，但是它也知道自己需要学的东西还有很多，表现得积极好学，仅这一点，就应该受到赞扬和鼓励。另外，它既有很强的自信心，又能全心全意地投入，加上克林特这个经验丰富

的驯马师的驯教，它肯定会成为一匹优秀的牧牛马。

斯摩奇还会积极地观察它的好搭档克林特。它发现自己的马鞍每次总是放在距绳子围栏几英尺远的地方，他会把它选中的马在那儿套上马鞍，慢慢地斯摩奇都能够判断出克林特下次出现的大概位置。每次被关进绳子围栏，它都会先去占到那个位置，若需要克林特的注意，它就去碰碰他的衣角。

这赶牛马车队里的牛仔们每人配备十匹马，一天换三次，每次四到六小时，三天一轮，这一天又要轮到斯摩奇了，现在的斯摩奇已被提升为日间看护马了，也许克林特或多或少都为斯摩奇谋了一点特权，它才得以升级这么快？

不，斯摩奇被提升是因为这样一件事：有一天，在筛检场中，一头野性十足的大野牛突然蹿出人群，它怒目圆睁，从牛仔面前一晃而过，向外跑去。斯摩奇当时正在得意，也没有看清楚怎么回事，只觉得有个什么东西一闪而过，这时，它感到脖子上的缰绳被轻轻地扯了一下，立即就飞奔着追上去，很快就追上了，一眼看清那不过就是一头大野牛，斯摩奇立即就知道自己该干什么了——把那头牛逼得掉头。斯摩奇发出刺耳的嘶鸣声，猛冲过去，很快就完成了任务——把那头大野牛赶回筛检场。忙完这个活儿，斯摩奇意犹未尽，精神十足，仿佛在说："还有哪头牛敢逃出来，我会立刻就让它滚回去，除非它不从我搭档的面前逃跑。"

放牛群吃草的时候，只要牛没有想逃的样子，克林特就骑着斯摩奇来到附近的小山丘上。他下了马，轻轻松松地躺在草地上，斯摩奇就站在克林特旁边，一边看着克林特，一边注意着山下的牛群，悠闲地甩着尾巴赶苍蝇。

第九章　捍卫尊严的战斗

秋日明媚的阳光终究抵挡不住冬天的进攻——天气变冷了，雨也来凑热闹，雪花趁机夹杂在雨水中一起落下来。雨雪把尘土都和成了泥浆，让道路变得泥泞不堪。缠卷起来的缰绳冻得像钢丝一般，马鞍和鞍褥都变得又湿又沉。牛仔们一把鞍褥和马鞍放到那些本已冻得发抖的马的背上，再有忍耐力的马都会忍不住弓背跳起来。

秋季围捕已经接近尾声，穿着长长的黄色雨衣的牛仔们仍然都在辛苦地奔波着。他们踩着泥水奔走在炊事马车和绳子围栏之间，鞋子袜子都是又湿又凉。骑马走的那些人都难以站稳，心里总是怀疑这匹马会不会让自己陪着摔个四脚朝天。有时他们也会盘算这次围捕能领到多少工资，不过，他们现在最向往的就是躲在一个能遮风避雨的屋子里，围着暖融融的火炉，或卧，或坐，悠闲地翻着杂志。

经过筛检，好些牛被摇R牧场的其他马队带走了。现在杰夫赶牛马车队里所剩的就只是一些奶牛和刚断奶的小牛犊，还有用来帮助赶牛的那些马。把车队驻扎在最后一个营地时，杰夫对大家说："再过一两周，咱们就能看到主牧场大门了。"但实际上，三周后，地上已经有了六英寸高的积雪，马车队才开始拆卸营地，整理行装动身出发。

"斯摩奇，等一下，让我先坐上去好吗？"克林特一边拉住斯摩奇，一边努力地把脚往马镫里踩，他裹得太厚了，腿脚都硬邦邦的。斯摩奇背上的雪都结成了冰。克林特在放上马鞍之前，要先除去这些小冰碴，斯摩奇已经冻得受不了了，它只想腾空跳上几下暖暖身子。于是，克林特还没有完全坐在马鞍上，斯摩奇已经猛地跳起来了。克林特并不介意，他知道斯摩奇冻坏了，这样跳一跳有利于促进它体内的血液循环。克林特开心地任由斯摩奇转圈、跳跃，眼角的余光偶尔看见一个牛仔骑着马在雪中一闪而过的身影。他等斯摩奇活动够了，才追随着马车队留下的踪迹奔向主牧场。终于看到主牧场的大门了，虽然天还是又阴又冷，马群还是伴着一阵阵喧闹与兴奋飞一般进了牧场。晚上有人将牧牛马带出去吃草，第二天，几个牛仔来将这些牧牛马聚拢，赶着从另一个门出了牧场。

克林特想在斯摩奇被带出去过冬之前，再看看它，顺便看看冬季牧场的条件如何。中午时，队伍到了冬季牧场边上。克林特骑着马，走在队伍后面，看到有一些干枯了的草从六英寸深的雪地里冒出来，感到很满意，他又注意到溪谷四周有浓密的柳树，这给马们提供了一个不错的休息和御寒的场所。

两百匹马被驱赶着散开了，克林特从这些熟悉的马背上看过去，知道又要等明年春天才能见到它们了。马群中的好些马他都驯服过，还给它们起过名字。他看到一匹高鼻梁的高头大马，开始怎么驯它都不会跳，最后克林特把绳子拴在它的尾巴上，它突然就会跳了，而且还特别擅长弓背跳跃，在牧区非常有名。每匹马都能勾起克林特不同

的回忆，他脸上也随之露出不同的表情。一匹鬃毛又粗又浓的黑色大马朝他看过来，喷了一个响鼻，克林特立刻面色凝重起来，他想起了一个惨剧——曾经有个牛仔在给这匹黑马解马鞍时被它的铁蹄踢死了。正当克林特思绪中阴云飘飞的时候，斯摩奇像一缕明媚的阳光般出现了。克林特的脸上立刻露出了微笑，他爬下马，朝斯摩奇走去。但他不用走多远，因为斯摩奇一看见他，也立刻丢下身旁的弟弟欢叫着迎上来了。

克林特对斯摩奇说："你是不是感到咱俩要分开一段时间啦？是吧？没关系，斯摩奇，明年春天我会第一个来看你的。"

克林特上马前停了一下，再次摸了摸斯摩奇，说："斯摩奇，我得走了，你要照顾好自己！"斯摩奇看着克林特上马，渐渐远去，最后消失在山的那一边。它发出一声嘶鸣，站在那儿，又凝望了好久，才转身回到马群找到弟弟佩科斯。

原野上覆盖了厚厚的一层雪。冰冻遍野，寒风肆虐，饥饿的狼群的嗥叫声在原野上回荡着。它们除了偶尔抓到一只小动物，几乎一无所获。这些牛马有人管着，长得又肥又壮，但是狼可吃不着。

斯摩奇也渐渐适应了这种天气，长出了一身长毛，它仍是膘肥体壮的，虽然掉了点膘，但以它这个身板，再多掉些膘，都不是问题。而且，这地方草料充足，虽然也要稍稍刨开积雪才能找到，但这也正好让它有机会活动筋骨、暖和身子。日子一天天过去，马群从一个山脊换到了另一个山脊，围栏也从一个地方迁到另一个地方。漫长的冬日里，牧场里一直祥和宁静，只有斯摩奇身上发生了一个小插曲。

事情起源于一匹大黑马，就是那个用铁蹄踢死了牛仔的家伙。本来兄弟俩一开始对它并不在意，但是这个怪东西却非常喜欢佩科斯，同时非常讨厌斯摩奇——它很想把斯摩奇从佩科斯身边赶走。一开始佩科斯还保持中立，因为它不知道这黑家伙到底想干什么。斯摩奇并不害怕大黑马的驱赶，也没有真和它打架，只是很生气，它费了好多的精力才守住自己的地盘。

这样过了两天，大黑马还会时不时地突然向斯摩奇猛冲过来，那凶神恶煞的样子，像是要把斯摩奇撕成碎片，依着斯摩奇的脾气，显然也绝不会让步。大黑马年纪比斯摩奇大一倍，打架的经验更老到，而且它还比斯摩奇重一百磅，有时斯摩奇身上会被撕掉一两块皮，只好飞奔逃开，但它仍然不肯向大黑马让步。佩科斯渐渐看明白了一切，它觉得大黑马占的地盘太多了，自己一点也不喜欢它，所以当大黑马再次凶神恶煞地冲向斯摩奇时，佩科斯从另一侧攻击了它，它惨叫一声，跳了起来，先是越过了斯摩奇，然后头朝下栽倒在地上。过了一会儿，它沮丧地从雪地里爬起来，看见佩科斯和斯摩奇站在一起，怒视着自己，赶紧知趣地跑开了。

故事还没完，不知是大黑马野心太大，还是头脑太傻，或许是它还不愿服输，想重拾胜利，第二天它又找过来了。不过，它还没来得及凑近斯摩奇，佩科斯就先瞧见了它，战斗开始了。佩科斯显然不是大黑马的对手，很快就处于下风，但它并没有怯战，眼看大黑马就要开口咬它了，突然间一个身影闪出，斯摩奇像一枚重磅炸弹般冲入了战队。一瞬间，黑色的马毛、马皮四处飞溅，大黑马终于认清楚了眼前的形势，使了好大的劲儿才勉强从兄弟俩的铁蹄和利齿夹击中逃脱出来，一阵烈风似的落荒而逃了。

天气渐渐暖和了，积雪开始融化，斯摩奇兄弟俩都开始觉得浑身发痒，忙着互相挠痒痒，把身上长长的冬毛都挠掉了，再在地上打几

个滚儿，弄掉更多的冬毛，最后，露出了缎子般光滑的短毛。

星星点点的嫩草开始冒出来了，清澈的小溪也因积雪的融化而涨满了水，太阳暖融融地照耀着，微风轻轻地吹拂着，春天来了。

赶牛马车队的厨师又开始擦洗那个装着炊具的大箱子，牛仔们也从四面八方赶来了，准备开始为春季的活计奋战。有几个牛仔没再回来，新来的牛仔和杰夫交谈几句后就着手开始干活儿。克林特整个冬天都在牧场的一个营地里干着活儿，当积雪基本化尽了，那些瘦弱的牛马不再需要看护了的时候，他迅速地收拾妥当，让一匹马驮他的行李，一匹马驮着自己，向着主牧场出发了。

斯摩奇正在一个向阳的山坡上吃草，一抬头，突然瞧见有个人正骑着马往这边赶来，它这几个月自由自在地在野外生活，整天看不见一个人影，这让它身上那种本能的野性有所觉醒，因此，偶然一瞧见骑着马来的人，根本不会去想那是谁，本能的反应是惊慌，然后潜意识里想："有人来了，快跑！"它喷了几个响鼻便跑起来，下边那些正悠闲吃草的马一见斯摩奇这个样子，全都拼命地跑起来了。看着马群中那匹领头的灰褐色马缎子般光滑的短毛，骑马人的脸上露出了笑容，说："我说过春天到来时，我第一个来看你……"他一边赶着马群，一边自言自语——他便是克林特。

克林特追了足足有二十五英里，终于将马群赶进了主牧场的围栏，关上大门，克林特问从围栏里跑出来的斯摩奇："你不认识我了吗？"斯摩奇想躲开，但是克林特一直在和它说话，有一两次，它停下来看看克林特，然后再跑开，不过，它跑开的动作越来越缓慢了——它深藏的记忆渐渐清晰了。它再一次停了下来，低下头，眼中闪着光，两只耳朵竖起来，面朝围栏静静地站着。"你这个斯摩奇，"克林特笑着说，"难道咱俩还要从头再来认识一遍吗？过来，让我摸摸你的脑袋，或许你就能记起我是谁了。"克林特的手指在它鼻子上摸了一会儿，手慢慢往上滑，到了两眼之间的位置，最后摸到了脑门上两耳之间的那一块……五分钟后，斯摩奇就在满面笑容的克林特后面转来转去地散步了。

马车已经收拾好了，行李也都整理好了，牧牛马也都挑好了，杰夫扫视了一眼自己的队伍，挥挥手，马们跑动起来，马车、牛仔、牧牛马一起出了主牧场的大门，春季围捕开始了。斯摩奇一如既往地展现着它积极学习、热心工作的优秀品质，学到了比以前多得多的东西。当秋季围捕又结束时，克林特解下斯摩奇的马鞍时，看到它的肩两边都出现了一个白色小斑点，大小跟一枚硬币差不多，这是马鞍在它肩上磨出的印痕，好像是为它积极热情的工作而颁发的奖章。

斯摩奇更加成熟了，它的眼里闪着智慧的光芒，内心里也充分了解了那些野牛的习性。不过，它有一个缺点——太爱腾空跳跃了。每天早上都要跳上几下，天气越冷，跳得越厉害。克林特对它这一爱好并不介意，他经常说："要是一匹马连跳跃都不会，那就真是没什么用了。"实际上，克林特更喜欢斯摩奇保留着一些"坏习惯"，还有更深层的原因……

这年夏天，老汤姆·贾维斯——摇R牧场的主管和场主之一，到了杰夫的赶牛马车队视察牛仔们围捕野牛的工作。老汤姆一到筛检场，就一直盯着刚好在那里的斯摩奇猛看。一种不安的感觉立即从克林特的脊背里冒出来，因为他知道老汤姆一直都很想要一匹好马，也听说过一些他爱马爱到痴狂的故事，据说他年轻时曾因想要强占一匹买不到的马，差点把自己送进监狱。

　　克林特骑着斯摩奇冲进牛群，这活儿非常考验一匹牧牛马的本事，斯摩奇也在尽力地展现自己的本领，老汤姆在一旁看着，眼珠子都快掉出来了，克林特也越发警惕起来。他突然从心中冒出一个打算：在老汤姆走出来提出和他换马前离开这里，把斯摩奇藏起来。克林特担心斯摩奇表现得太抢眼，所以从队伍中退出来时，他还故意骑着它绕了个大圈，朝着与牧场相反的方向跑去。

　　一边是虎视眈眈的老汤姆，一边是天真无邪的斯摩奇。怎么办呢？那天余下的时间里，克林特一直忧心忡忡，晚上也辗转难眠，一直在盘算着怎么才能躲开老汤姆。在牧场里，如果一个牛仔的马被换走，那将是一种极大的耻辱。

　　第二天，老汤姆直接来找克林特，说："我想试一试你昨天骑的那匹灰褐色的马。"他可能以为克林特会刻意讨好他，不等回答就接着说："如果我真的喜欢上它，我会拿我骑的惬克和你换。惬克可是我在主牧场里找到的最棒的马呢！"

　　他没注意到克林特早已沉下脸，眼里冒出火来了。克林特气呼呼地说："哼，你不能骑斯摩奇！"

　　老汤姆大吃一惊，他也沉下了脸，问："嗯？你能骑，我为什么不能骑？"

　　"因为你骑不了，"克林特说，"它的马鞍，你可戴不上。"这是克林特才想出的一个策略：先把老汤姆尽量激怒，让他在盛怒之下去驾驭斯摩奇，而斯摩奇又有那样的本事，那样的脾气……

　　"我就让你瞧瞧我能不能给它戴上马鞍！"老汤姆愤愤地吐出好多唾沫，"我骑着自己驯服的野马到处转时，你还没出生呢！"

　　"是呀，"克林特满脸嘲讽，"可是，那都是从前的故事了。现在呢，不服老不行啊！"

老汤姆狠狠地瞪了克林特一眼，转身就开始操作起来了。他解下惬克马鞍上的绳子，打了个圈，奋力地甩了出去。绳圈在空中划出了一个优美的弧线，稳稳地落在了斯摩奇的头上。

斯摩奇大吃一惊，怒吼一声，跳了起来，老汤姆被它拖着挪了几步，他急忙做了一个手势，两个牛仔大笑着上来给他帮忙。

一旁的克林特卷着一支烟，一直都没点火，当他看到斯摩奇被绳子拉得气都喘不过来时，看到它眼中无限的恐惧，顿时感到心如刀割，但他马上也注意到了斯摩奇眼中还有些别的东西——是斗志，是怒火，似乎怒火更胜过恐惧。他的心中又燃起了希望。

"从什么时候起，一个牛仔得靠着别人帮助才能套上马鞍？"克林特大声喊道，"等一会儿，是不是还需要有人把你扶上马呀？"

这话正戳到了老汤姆的痛处，他心里那个气呀，真恨不得弄死这个在旁边说风凉话的家伙。作为一个经验丰富的老牛仔，他也知道应该对马温和一些，但这时的老汤姆气昏了头，他把所有的怒火都发泄到了斯摩奇身上。

他挥手让那两个帮忙的牛仔退下，他要向大家证明，他还有这个本事。他再一次甩出绳圈，又套住了斯摩奇的前蹄，而斯摩奇知道反抗绳子是毫无用处的，所以只是静静地站在那儿瞧。脚绊套上了，笼头套上了，马鞍也放上了，束带也系好了。

"你爬上马背之前最好先祈祷一下。"克林特一边继续激怒老汤姆，一边暗中祈盼着他能适可而止，但老汤姆毫无收敛之意，他往下拉紧帽子，解开斯摩奇的脚绊，一抓缰绳，爬上了马背。斯摩奇回过头去，见那个陌生人上了自己的背，又感到缰绳紧了一下，知道是自

己施展身手的时候了，它低下头跳了两下，刚热了个身，就感到背上已经没人了，它继续跳了几下才停了下来。

克林特笑得合不拢嘴，他大步走过去，伸手摸着斯摩奇的脖子，说："干得好哇，斯摩奇。"然后转身对正从地上爬起来的老汤姆说："要不要再试一次？"

"我会的，等着瞧吧！"老汤姆又是沮丧又是气愤地说。

"好吧，"克林特也愤怒了，"那你尽管来试，这一次最好摔断你那愚蠢的脖子。"

老汤姆走过去，从克林特手中一把夺过缰绳，就要往马鞍上跨，但这回斯摩奇没等他坐正，就低头一个猛冲，将他摔在了一边。老汤姆不服气，还想再试一次。这时杰夫走过来对他说："别再冒险啦，每次有人骑上背，斯摩奇肯定会跳起来的！"他告诫老汤姆。

这是事实，所以杰夫的劝告似乎给了老汤姆一个台阶，但老汤姆并没有及时下台阶，心中的尴尬和沮丧让他觉得太窝火了，需要发泄一下，他看到与斯摩奇站在一起的克林特时，马上用手指着他，扯破嗓子大喊："你被解雇了！我会找人来驯好这匹马的，你越早滚蛋我越开心。"

克林特只是对着老汤姆笑笑，这让老汤姆气得发了疯，偏偏这时候，杰夫还过来插话："雇用谁解雇谁，我说了算！汤姆，只要我还在你手下领导这个马车队，我就不会放弃这个权利。"老汤姆已经完全失去理智了，对杰夫怒吼："那好，你也可以走了！"

老汤姆转身去牵他的马时，也感觉自己做得太过火了，但他不想让步，至少现在不想，他靠近杰夫，低声对他说："你和克林特到牧场总部来，我会留出时间见你们的。"然后又对另一个牛仔说："你先代管马车队，回头我再派一个统领来。"

老汤姆骑马返回，回去的路很漫长，风一直呼呼地吹着，很快，他的怒气消散了，头脑也渐渐清醒起来，到达总部大门的时候，他的心里有了一个全新的想法：明天一早，骑上一匹精神十足的马，回去挽回今天这一切。

老汤姆往房子这边走来，一进屋就惊讶地发现杰夫和克林特已经在那儿等着他了，他好面子，没一下就流露出自己刚才的打算，杰夫却先开口了："马车队所有牛仔都要我转告你，如果你给我结算工资，那也请给他们都结算工资。很抱歉，我已经努力劝过他们了，但没有用，如果我离开，他们也会辞职。"

老汤姆领着杰夫和克林特往里面走，一句话也没有说，到了一张大桌子边，才回过头来，露出一丝笑容："嘿嘿，杰夫，我很高兴听到你那么说，一个人只有跟着自己喜欢和信任的人干事才会尽心尽力，是吧？所以我很高兴听到你刚才说的那些情况，但是，问题是现在你已经被辞退了，你可以想走就走，是不是？"

"是的，"杰夫回答，"我一拿到工资就走。"

"嗯，可不可以再重新聘用你？我可舍不得放你这样一个优秀的统领走呢！"老汤姆说。

杰夫似乎考虑了几秒钟，看看克林特。老汤姆知道他在想什么，于是接着说："当然，我无权决定聘用或解雇你的手下，所以克林特根本没被解雇，还是可以在你的马车队里干活儿。"

三个人相互握手，表示和解。第二天一早，杰夫和克林特回车队时，老汤姆亲自来送行。"克林特，别再担心你那匹宝贝马啦，"老汤姆说，"我永远也不会想要它了。"

第十章　斯摩奇失踪了

牧牛马们又回到了大本营的马棚里。牛仔们先筛检出冬季专用的马，然后把剩下的马放回了冬季牧场。冬季长达四个月，牧牛马们整天都在那里放肆地驰骋着。直到有一天，厨师们又开始忙着清洗那口装粮食的大箱子了，云雀们也站在马棚那高高的木桩上唱起了歌，一块块积雪早已悄然融化，露出光秃秃的地面，这一切都明确地预告了春天的到来。

在一片春意盎然的草地上，克林特依然是第一个见到斯摩奇的人，他惊喜地发现斯摩奇的身上积聚了好多脂肪。想到这些脂肪能够使它在夏天做好任何分内的工作，克林特不禁十分高兴。他们打过招呼，就热情地投入了工作，仿佛那是他们的第一份工作一样。

秋天到了，斯摩奇继续做着赶牛的工作，积累着赶牛经验。它越来越出色了，以至于那些小牛一看见这匹灰褐色的牧牛马，只能翻翻白眼，不做任何挣扎，就乖乖地向它希望的地方跑去——也就是说，斯摩奇无须驱赶小牛，它们自己就跑过去了。

五年过去了，在这五年里一直都是克林特给斯摩奇戴马鞍。这么多年来，除了那一次老汤姆想将斯摩奇占为己有外，再没有人碰过斯摩奇。摇R牧场里，人人都想得到斯摩奇，如果克林特在春季工作开始的时候没有出现在牧场上，肯定有人会为斯摩奇的归属起争执。但是克林特每年春天都会第一个闯进大本营，所以别人根本没有机会夺走斯摩奇。

斯摩奇非常了解克林特，就像它了解自己一样。克林特要是身体不舒服，它就会尽量轻柔地跳跃。它仅凭好搭档一个轻轻的触摸，就能判断出这是让它去追野牛，还是放开它们，或者是在夸奖它干得好，等等。克林特说它做了错事，它就会低下头。克林特夸它表现好，它就会眯着眼睛，好像听这个牛仔说话能给它带来很大的乐趣一样，尽情地沐浴着寒冷的秋日里的温暖阳光。

斯摩奇因为喜欢这个牛仔，所以兴致勃勃地去学习他教给自己的一切本领。斯摩奇现在本事可大了，只要克林特一发现某头牛要从牛群中跑出去，不需要他指挥，斯摩奇靠直觉就可以准确地追上那头逃跑的牛，并将它赶回筛检场。

在套牛这个环节里，斯摩奇也和克林特相当默契。套牛的时候，它的一只耳朵向后边收起来，冷静地观察着四周。一发现绳套脱离克林特，它就会立即转身跑向另一个方向，它懂得如何巧妙地放倒一头牛。只要是斯摩奇还在绳子的另一端，就算再大的牛也没有办法再站起来。

斯摩奇的本领在很多事情中都表现出来了，其中有一件事让克林特和其他牛仔们津津乐道。是怎么回事呢？斯摩奇成功、漂亮地制服了一头逃跑的大公牛。那头大公牛在克林特收紧缰绳的时候，根本没有倒下去，这种力量使得什么东西被撕开了。接着，克林特被抛到了

三英尺高的天空，悬空翻了个筋斗，摔在地上。因为这，马鞍也被弄翻了，竖着立在斯摩奇的背上，原来是系束带的缰绳在搭扣眼的地方像纸一样地撕裂了。

牛仔们都等着看热闹，但是他们的笑容很快就变成了惊愕的表情，因为斯摩奇没有像他们预期的那样——千方百计地挣脱马鞍，反而让人觉得，它是在动脑筋思考把马鞍留在背上的最好的办法。于是，牛仔们看到了在空中翻转的马鞍：因为马鞍那样竖立在斯摩奇的屁股上，所以它也顺势抬起腿向后面跃起，在空中转了个身，等它的前蹄再次着地的时候，马鞍已经稳稳地回到了它的背上。这一切就是在几秒钟里发生的！牛仔们爆发出热烈的喝彩声。

当这头牛再次猛地冲向原野时，斯摩奇没有急着去追，而是等这头牛受到缰绳控制被迫掉头时，立刻奔跑出去追赶。斯摩奇陡然停止了奔跑，公牛也忽然动弹不得，这时，眼力好的牛仔发现斯摩奇踩住了套住公牛的缰绳。公牛被拽倒了……

牛仔们都被斯摩奇的本领折服了。他们在茶余饭后，总是谈论斯摩奇的故事，没多久，斯摩奇就成为牧场上有名的马了。

摇R牧场买进了一大批墨西哥长角公牛，还将它们运到了北部的草原。这些公牛在牧场里吃得胖胖的，也变得更加狂野和放肆了。这时候，斯摩奇就让大家看到它除了已经学过的东西，还有其他的本事，因为这些长角公牛跑得太快了，一般的牧牛马在短距离内都追不上它们，但是斯摩奇是个例外，它会根据自己的判断，以相应的速度赶上这些长角公牛，把克林特带到缰绳能够得着公牛的范围内。它的速度快极了，克林特的缰绳还没甩几下，斯摩奇就已经飞奔着追上了那些墨西哥长角公牛。

很多牛仔都说，值得花看一场精彩表演的票价去看斯摩奇怎样工作。不管它是否在附近，是否在牛群当中，很多牛仔都会逮住机会，特意放一头牛从它身边溜走，这样他们就可以看到这匹马是如何利落地制服这头牛的。

牛仔们吃完饭，休息、聊天、唱歌。克林特说斯摩奇会干什么，或者干了什么，他们都对他的话坚信不疑，因为他们也非常了解这匹马，并十分欣赏这匹马。牛仔们有时候会在各个牧场之间换工作，于是有一段时间，斯摩奇就成为其他牧牛马队营地里的谈天对象，就连北方各个州的人们都听说过斯摩奇。当一个牛仔在南部靠近墨西哥边界的地方听到另一个牛仔谈起摇R牧场的斯摩奇时，他也不会觉得有什么大惊小怪的。

秋天到了，在马车队进场之前，老汤姆拿出一封出价四百美元购买斯摩奇的信给克林特看，克林特听说过这个价钱，那时普通牧牛马都是成车卖的，一匹就是五十美元。但是他只是凝视着这封信，并没有打开来读一读，反而对老汤姆即将做出的反应非常好奇。

"克林特，我跟你说，"老汤姆停顿了一会儿，可能他并不想激怒这个牛仔，但是最后他还是继续说，"如果我的牛都在挨饿，我需要这笔钱买饲料来渡过难关，那我可能就会牺牲斯摩奇，来换取那四百美元。但是以我们目前的状况来看，斯摩奇可不是用这点钱就可以买走的。"

克林特这才露出了笑容，他深吸了一口气，紧紧地抓住这个老人伸出的等着他握住的手。

"但是，我也希望，"老汤姆继续说，"很快就会有一天，你会渴望离开这支队伍，到别的草原去，这样，我就可以把斯摩奇占为己

有。很早以前我就想把你解雇了，但是那样做我就不得不把杰夫也解雇。不管怎样，只有你们两个辞职不干了，我才会把斯摩奇占为己有。"

老汤姆在说话的时候，克林特始终保持着微笑，然后他再次吻了一下这位老人的手，就走了，他知道了，老汤姆最后的几句话只是说说而已。

这年冬天又和往常一样，斯摩奇和其他的牧牛马一起被赶到了外面的牧场。那年夏天异常干旱，牧场上缺草料，但是这里竟然有一小片做驯马专用牧场的草原，一直都长得很茂盛，马们在这里过冬，比待在温暖的马棚里更好。

虽然很舍不得斯摩奇，最后，克林特还是痛下决心地说："这个冬天我还是要让你在外面跑跑，你可别掉太多的膘哇！"他一边挠着斯摩奇的耳后，一边跟他说："即使老汤姆把你当作无价之宝，我还是觉得，你在队里的价值可远远比不上你在我心里的价值。"

克林特离开了斯摩奇，他一路往回走。当他看到前方大本营的建筑时，暴风雪从身后袭来，他急忙用戴着手套的手捂住了耳朵。

"天哪，"他从冻得直打战的齿缝里挤出一句话，"暴风雪肯定要发威了。"

克林特说得没错，冬天送来的第一阵风雪，是一场被狂风裹挟着的暴雪，它威力无比，横扫了整个草原，盖住了所有的草料。暴风雪整整刮了两天两夜。当天放晴的时候，温度骤然下降了。

克林特忙着把牛群赶到离牧场更远的地方，在那里有人喂养它们。过了几天，又一场暴风雪降临草原了，克林特一直马不停蹄地把牛赶进棚子里，把所有他赶来的牛都驱赶到那些大草垛旁。有时，他甚至忙到深夜。就这样，一个月过去了，那个时候的牧场已经积了两英尺深的雪，更多的风雪即将到来。

一个傍晚，克林特克服种种困难，来到了斯摩奇所在的牧场。灰色的天空越来越暗了，当这个老牛仔爬上山脊的时候，夜幕降临了，星星在天空闪烁着，他看到了一群马，在这群马中有一匹瘦骨嶙峋的灰褐色的马，它的毛乱蓬蓬的。克林特不敢相信自己的眼睛，捂住了嘴巴，哽咽了……

克林特想当场就抓住斯摩奇，把它带回牧场，但他不知道斯摩奇能不能完成这趟长途跋涉。当这匹马把它的头从刨食的雪洞里抬起来时，也发现了朝它走来的牛仔。不过，克林特太伤心了，斯摩奇没有认出他是谁，它没有看他第二眼就拼命地逃跑了。大概它把在厚厚的冬衣包裹下的克林特当作了一头熊！不过，克林特也惊喜地看到，斯摩奇还是那么有力气，动作还是那么神速。

克林特一直沿着马群的脚印追赶着，试图找到斯摩奇和马群。这时，他却听见了小牛犊的叫声，果然，一头眼睛黑溜溜的小牛在寒风中显得很无助，它正趴在雪壳里，冻得瑟瑟发抖。原来，这是去年围捕时漏网的一对牛生下来的，它们在克林特靠近小牛犊时一起袭击了克林特。克林特早就料到小牛犊的父母必定没有走远，所以巧妙地躲开了，最后，他带着小牛犊出现在牧场里，而此时已经接近第二天的中午了。

暴风雪又降临了，它似乎想要一口气把地面的生物全吹走一样，来势凶猛。雪积了一层又一层。这场暴风雪，对于牛马来说，都可能意味着死亡。但是傍晚，又一场大风刮了起来，雪都被吹走了，高高地堆在深谷里面。当大风终于停止肆虐的时候，有好几个地方的积雪

只有几英寸厚，可以看见上面的草了。那个冬天，这场大风刮得非常奇怪，它几乎拯救了牧场里所有的牛和马。

每当暴风雪来临的时候，克林特就分外担心斯摩奇，一次次试着去找它，但是半路上总会遇见一些无助的牛，让他不得不返回来。他对斯摩奇的爱使他经常胡思乱想，多次蜷缩在被窝里，梦到斯摩奇被困在雪堆里，虚弱无力，无助绝望，而附近正有一群恶狼步步紧逼。

斯摩奇确实掉了不少膘，但是它还没有弱到一旦躺下就站不起身来，也没有弱到连跑出去找草料的力气都没有。最后的那场大风雪让它体力下降了不少，但是它还是能够翻越过积雪覆盖的高山，在山的另一边找到草料。

斯摩奇一直和佩科斯在一起，它们像它们的妈妈一样熟悉这片牧场。它们知道下雪的时候到哪里可以找到最好的避风场所，它们也十分了解高山的地形，知道哪里的雪最薄。晴空万里，或是风雪连天，它们总能找到藏身之处。

距离上次斯摩奇抬头发现一个牛仔，过了好几个礼拜。斯摩奇不知道那个牛仔就是专程为它而来的克林特。有一天，又来了一个牛仔。斯摩奇是第一匹看到这第二个牛仔的马，一见到两条腿的怪物，它和其他的同伴照例是拔腿就跑，跑到它们再也看不到这个牛仔的地方。这群马疯狂地奔跑了一英里左右，就开始刨雪吃草。夜幕降临，起风了，天空飘下大片大片的雪花，夜色变得更浓了，风越刮越猛，雪越下越大，那个牛仔又出现了，这次他直接出现在马群当中。群马立即吓得像一群鹌鹑一样四处逃命，但是它们很快又聚在一起，迎着暴风雪，迅速地跑了出去。

那个牛仔骑着马跟着它们跑了很久，马们不但甩不掉牛仔，肺里

也因为奔跑不断地灌进狂风。就这样，它们越过宽一英里左右的河谷，踏过两三英尺深的积雪。它们跑得太累了，速度也慢下来。但是这个牛仔并不急着催它们，渐渐地，它们连走路都嫌太快了，因为它们已经疲惫不堪了。

这个夜晚就这样度过了：大风推着它们往前走，它们身上的鬃毛也被雪盖住了，尽管筋疲力尽，它们还是费劲儿地在那些深深的雪地里跳跃。它们继续向前走，不再注意那个牛仔。又过了一会儿，天亮了，这个牛仔找到一片浓密的柳树林，把这些马赶进去休息。他放任这些马来回地走动。

"这场暴风雪下得好，肯定可以遮住我的痕迹。"他一边说，一边在树林里寻找藏身的地方。他很快就找到了可以躲避风雪的地方，他从精疲力竭的坐骑上面跳了下来，那里的雪还不到他的腰，他不用担心自己陷入积雪中。他把地上的雪踩实，三下两下就给自己弄出了一块能挪动身体的地方。他把马拴在自己旁边，很快就用柳树枝燃起了一堆火。他用一只很小的猪油桶煮着米饭和牛肉干，煮熟后就端着猪油桶吃得香喷喷的。吃完饭，他往猪油桶里扔了几把雪，想用融化的雪水泡咖啡。接着，他又卷起了一根纸烟，喷出一串串的烟圈，然后在火堆旁蜷成一团，睡着了。

从他脚上硬粗麻布包裹着的靴子，到那顶破旧的黑色帽子下面露出的黝黑的脸庞，可以判断出这个人有一半墨西哥血统，另一半血统是其他国家的。他的坐骑身上的马鞍很廉价，已经磨损得差不多了。这时，他应该让坐骑去找食物，而不是把它拴起来……种种迹象都表明，他是一个冷酷无情的人，他确实就是一个盗马贼。

这十七匹摇R马队的驯马，包括斯摩奇在内，它们所在的地方，距离盗马贼睡觉的河谷下游大概有半英里。它们都紧紧地围拢在这片浓密的柳树下躲避风雪，吃着黑麦草和那些它们能够得着也嚼得动的东西，斯摩奇和佩科斯兄弟俩并排在深深的雪地里走着，用鼻子和马蹄到处寻找少得可怜的食物。可惜的是，很多牛在它们到来之前刚来过这里。

白天雪已经变小了，但是夜里，风雪又变大了，雪花到处飞舞起来。另一场夜行又要开始了，因为这样才不会留下任何踪迹。

盗马贼醒来了，他看了一下四周，露出了得意的笑容，他想起这次自己偷来的那匹灰褐色的马，据说能卖四百美金。接着他站起来抖了抖身子，很快，一堆篝火又被点燃了，他又煮了一顿饭吃，然后就收拾东西，爬上了自己的坐骑，去寻找那些被他放在河谷下游吃草的马，他心慌意乱地沿着河谷跑了几英里后，就遇到了它们，当时天色完全变黑了，雪已经覆盖了整个牧区，他啪啪作响地甩动着手中的马鞭，跟在马群后面赶着它们上路了。

过了近一小时，一直在队伍前面的斯摩奇忽然发现自己被包围在一个马棚里面，这个马棚非常隐蔽，是盗马贼特意搭建的。有很多迹象表明，这里曾经多次被派上用场。大门是用一些长长的柳树枝做成的，等他把这些马赶进去之后，他就会立即把大门关上。在这个马棚里，他改变了很多牲畜身上的烙印，有牛，有马，有时候他在这里更换坐骑，这也是他眼下最想做的事。他想换马不是因为心疼当前这匹已经疲惫不堪的马，而是不愿意在有人追上他的时候，他的身下是一匹跑不动的马。

在雪光的映照下，在抛出套马索之前，盗马贼一直在寻找一个身影，那个身影属于一匹脸上长着白斑的灰褐色的马。很快他就认出了

斯摩奇额头上那道白色的条纹，然后他的缰绳就甩了出去。斯摩奇喷了个响鼻就躲开了，那根套马索刚好掠过它的耳朵，接着落在了另一匹马的头上。在黑暗中，他无法看清楚，等他把那匹马带到跟前时，才发现自己套住的不是斯摩奇。他立即破口大骂，不过他又瞪着小眼睛仔细看了看，发现这匹马体格也很强壮，就立即闭了嘴，不再花时间去抓斯摩奇了。

"我下次再来抓，就是你。"他一边看着斯摩奇的方向说着，一边给抓过来的马套上马鞍。

他跨上自己新选出来的坐骑，把马群放了出去，赶着它们离开河谷，走上了一片长长的沙滩，那片沙滩上的雪基本都被大风刮走了，所以他们的行走也变得轻松起来。这个晚上大部分的时间里，他都让马群保持着慢跑的状态。有时候在那些雪堆得不太深的地方，他就会把马群赶拢在一块，让它们奔跑起来。

等这个狠心的人发现这群马已经疲惫不堪，无法继续前进了，他才开始寻找一个可以把它们藏起来的地方。他一直沿着一道山脊往前走，他知道在这个山脊的另一端有这样一个地方。他不断地抽打着这些马，让它们继续奔走，直到它们到达目的地才停下来。

这时，暴风雪变小了，只剩下阵阵大风还在呼啸。大风吹着雪花到处飞舞，这些雪花掩盖了他们的踪迹。盗马贼已经不需要暴风雪的帮忙了，因为他知道前面的草原就是他的目的地了。

这一路上遇到不少马棚，其中有一些是他搭建的，另外一些就是像他这样偷马的人搭建的。有时候他会把偷来的马身上的烙印，变成自己的。然而只要它们身上的毛长得任何人都看不到原有的烙印，烙印的工作就可以等过一段时间再做。

他离开马群，开始为自己寻找一个藏身的地方。这时候他高兴极了，唱着小曲，用雪水煮着咖啡，心里暗自盘算着用这些马可以给自己带来多少钱。他知道只要给这些马吃上一个月的青草，它们就会大变样。而且他还有斯摩奇，那匹灰褐色的马，他听说有人曾经为它出价四百美元。

再往南走几百英里，就是他的老巢了，只要到达那里，他就可以慢慢地放养这些马，等着卖上一个好价钱。现在，这里距离启程的地方有七十多英里，距离摇R牧场有将近一百英里。

第十一章 一只陌生的手

那个冬天，无论是北风呼啸的夜晚，还是大雪纷飞的白天，克林特的心都一直牵挂着斯摩奇。但是他没有时间，也找不到前往斯摩奇过冬的牧场的理由。一天早上，起床的时候，他心里突然冒出一种不祥的预感。他拼命想摆脱这种感觉，但是，以后的每个早晨，那种不祥的预感都越来越强烈。最后，克林特什么活儿都干不了，急急忙忙地骑上坐骑，去找斯摩奇。

天空已经放晴，几天前下过一场暴风雪，但仍可看到很多马蹄的踪迹。克林特沿着那些模糊的踪迹追赶着，寻找着。他遇到了很多马群，但是没有遇到斯摩奇。他越来越心慌——他没有看见自己最后告别的那一群马——斯摩奇就在那个马群里。他不得不怀疑——是不是有人偷走了斯摩奇？很快他又大声地安慰自己说："有可能它和那群马已经回到牧场了。毕竟那群马身上都打着著名的'摇R'的烙印，没人敢偷，除非那个人是一个蠢蛋，或者是一个恶棍。"

两周过去了，克林特苦苦寻找却没有结果，就去找老汤姆。老汤姆却只是摆摆手说："不会丢的，我说克林特，你就别担心啦——在汇拢牧牛马的时候我们就会找到它。"

又一年大地回暖，春天到了，厚厚的积雪开始消融，河水又开始上涨。几周过去了，牛仔们开始列队前往放马的牧场，并沿路召集牧马。克林特整天不顾辛劳地颠簸在马背上找斯摩奇，他几乎把牧场里的每一匹马都看了个遍，甚至包括那些离群的孤马。他找不到，就安慰自己说："不要着急，也许其他的牛仔已经找到它并把它带回牧场了！"可是当他回到牧场，看见牧牛马们都被关在马厩里，却没有那十七匹马的踪影。

"到处都找不到的话，难道真的是被盗马贼偷走了？"老汤姆再也沉不住气了，他心急火燎，驱车赶往小镇，把大车开足了马力，不顾一切地飞奔而去。他的车子从长腿大野兔身边经过，把这些兔子吓得好像被绑住了一样，一动不敢动，还没看清是什么大怪物飞了过去，老汤姆的车子就已经不见踪影了。车子开到大街上时，速度已经达到了七十迈。他刹住车的时候，却已经到了超过警区半个街区的地方。老汤姆太着急了，把车停在那里，就快速往回跑，等终于到了警区，他马上报警说："长官，我的十七匹马被人偷了！我强烈要求你们通知这个州和周围其他州的警察，一定要帮我找到这些马！"老汤姆动了真感情，他还向警察提供了一千美元的奖金，用以奖励缉拿或归还这十七匹马的人。他还特别提到，十七匹马中包括一匹脸上带着白色条纹的灰褐色的驯马。

春季围捕工作结束了，夏天过去了，秋天的活儿也忙完了，却一直没有斯摩奇的消息，它好像从地球上消失了。老汤姆整天恨恨地诅咒着："该死的盗马贼，偷了我的马，不得好死。"

"它不过是在某个地方迷路了而已，很快我就会和它重逢的。"

每经过一个溪谷、山谷或者是河谷，克林特都会找遍每个角落。整个赶牛马车队的人都在寻找斯摩奇的踪迹，包括那些值白班的牧马人。围捕野牛的工作已经被放在第二位了，谁都想第一个找到斯摩奇。

小河变窄了，小山脊变成彩色的了，秋季赶牛工作接近尾声，克林特已经对和斯摩奇重逢不抱任何希望了。但他却无法摆脱对斯摩奇的思念：清晨走向围栏时，他会想起斯摩奇怎样欢快地和自己打招呼；干活儿的时候还会清晰地想起，斯摩奇是怎样听懂自己说的每一句话。

一天清晨，克林特带着一张铁路地图，告别了杰夫，离开了摇R牧场。

一场大雪飘落在南部的草原上，整个草原都被白色笼罩了。天上的乌云的颜色渐渐变淡了，最后被大风追赶着跑得没影了。几天后的一个傍晚，太阳终于露出了那红通通的脸蛋，整个草原被照得光芒四射。等它消失在蓝色山脊后，一弯新月亮晶晶地挂在天边，好像在告诉人们，明天太阳还会照常升起。

太阳真的又出来了，它把久违的光芒照在整个亚利桑那州的草原上，空气像池塘里的春水那般清澈，那般宁静，整个世界似乎都还在沉睡，大地万物都在心满意足地享受着阳光带来的热情和生命。一头狮子在一块大岩石上伸展着四肢，又惬意又温暖。可是昨天，它还蜷缩成一团，躲在山洞里，冻得哆哆嗦嗦。几只野鹿也从过冬的洞里边跑了出来。

一只花栗鼠从它过冬的巢穴里伸出了头，它采集了一些坚果，掰开一枚松果，闻着果仁的香气，它陶醉地闭上眼睛。突然，它听到有什么东西向自己跑来，就赶紧抓好采集的坚果，跳着离开了那里，迅速地逃回洞穴。它刚一进洞，就转过身来，瞥见一匹壮得像一座大山一样的马正不顾一切地疾驰而来，而它的脖子上还拖着一根长长的缰绳。花栗鼠吓坏了，它拼命地往洞里钻，在洞穴深处，一动不动地听了一分钟。等确认马蹄声远去，它才钻出洞口，跑到一块洞穴旁边的石头上，向远处张望着。它看见两匹马正奔向平原，其中一匹马上驮着一个人，正在拼命地追赶另一匹马。它越看越觉得有趣，直到有一道高坡挡住了视线，才觉得没有什么好看的了，又去到处收集坚果。

两匹马仍然在奔跑。跑在最前面的那匹马真希望自己能和这只花栗鼠交换一下身份，像它一样躲进洞里，休息一会儿。要知道它趁着夜色跑出来，已经连续跑了好几个小时。它每跑一步，马蹄都会深深地陷入泥土里，可是无论是平地还是山谷，它都在努力地坚持着，而那个骑在马上的人仍在步步紧逼。不过他曾经消失过两次，这让跑在前边的那匹马心里生出希望——永远别见到他。可是盗马贼很快又出现了，这时他换了一匹新的坐骑。他在沿途都安排了坐骑，这样他就可以取得这场追逐赛跑的胜利。

前面的这匹马每迈出一步都会想：这片草地真是那个人的帮凶，也在阻挡自己的步伐。它越来越费力了。太阳高高地挂在天空。穿过一片浓密的香柏林的时候，它看见了一道由枯死的香柏树堆积而成的栅栏。以它的敏锐，它应该掉头跑回去，不过现在它的视线有点模糊了，脑子也不太好使了。身体一直告诉它放弃吧，可是脑袋却对它说努力跑下去呀！它还在往前跑。忽然，在它的另一侧又出现了第二道栅栏。栅栏把它带向了一扇大门，大门的后边藏着一个马厩。当它意识到再也没有退路了，就停下了脚步，叉开四肢，喘着粗气，浑身上下的汗水滴滴答答地流淌着。盗马贼也赶到了，他关上大门，转身看

着那匹马。

"哈哈，你这匹脾气暴躁的、灰褐色的坏家伙，现在我终于抓到你了。"

斯摩奇半闭双眼，头低得快碰到了地面，它的身体还是努力地站着，似乎根本没有听到盗马贼说什么。

从盗马贼把斯摩奇从摇R牧场的冬季牧场赶出来到现在，已经过了好几个月，它在被驱赶的奔跑中度过了一个又一个的漫漫长夜。长途跋涉中，它经常饥肠辘辘，汗如雨下。不知不觉离开生它养它的故乡草原有近一千英里了。在这个艰苦的过程里，它一直和弟弟佩科斯在一起。翻过那些奇形怪状的小山和平原，到达了一片荒原。它们松了一口气。厚厚的积雪被远远地抛在身后了，草原上长着一些山艾蒿，弥漫着一种奇怪的香气。越过一座一座的小山，就是蜿蜒起伏的草原了。草原上，几乎都是山艾蒿。到达南方地区后，山艾蒿中间多了一些丝兰花，偶尔还能看到凤尾兰、仙人掌和猫爪草。

这一天，马群跑到一条位于深谷中的色彩斑斓的大河边，它们只好游过这条大河。星星在头顶的时候，它们在赶路；饿着肚子的时候，它们在赶路。过了好几天，它们好像终于到达了目的地，不再狂奔。第二天，它们被盗马贼赶进马厩。在这里，它们的身上被打上了新的烙印。新的烙印像车轮，比摇R牧场的印记大一些，于是原来的烙印完全被破坏了。

斯摩奇和马群被赶到了一座很高的小山上，有一段时间它们都要待在这里。这是一座很高的平顶山，周围都是悬崖。进入山顶的入口只有一个，却被人用绳索围了起来，上面还铺着垫子。山上有不少好草料，也有充足的天然雪水和河水，足够它们吃饱喝足很多天。

斯摩奇很快就变得身强体壮。无论是漫长的雪中跳跃，还是日夜兼程的艰难跋涉，它都平静地面对。不过这一路走过来，它的头脑里只剩了一种愤怒，或者是一种厌恶，也有可能是一种憎恨——它憎恨那个让它和同伴一直走个不停的人。

在这个世界上，只有克林特是唯一例外的。斯摩奇只有在他的身边，才能忘记对人类的厌恶和恐惧。一看到从远处出现的盗马贼的黑色脸庞，这种情绪就要爆发出来，它的眼神里都冒着杀气。它心里还有一些恐惧，不敢贸然去伤害他。它只能自己生着闷气，尽量远离他，同时它又总是偷偷地观察着他。

有一天，盗马贼朝它扔过套马索的时候，它立即就躲开了。这次的经验太宝贵了，它知道了，只要躲避的时机准确，就可以躲开缰绳。盗马贼很狡猾，在第三次抛出套马索的时候，只是晃了一下，实际上没有抛出去，斯摩奇忙着躲开。等斯摩奇觉得没事的时候，套马索真的飞来了，于是这条缰绳就像蛇一样绕在了它的脖子上。斯摩奇立即像一头被困住的灰熊一样拼命地挣扎着，盗马贼恶狠狠地拉着缰绳，绕着一个木桩跑了好几圈，才把斯摩奇制住。

"哈哈，我现在就来修理你，你等着！"盗马贼说着，愤怒地折断了一根挂在马厩上方的柳树枝，小跑着奔向斯摩奇。柳树枝裹挟着风声，一下一下地抽打在斯摩奇的头上。他甚至想当场杀了这匹马。

他打到那个柳树枝出现裂痕，依然没有停手，直到柳树枝彻底断了。斯摩奇的眼里含着大滴大滴的泪水，努力地忍着疼痛。这时，用来防止斯摩奇逃跑的缰绳末端的锁眼处断开了，斯摩奇意外地获得了自由。盗马贼想起自己还要赶着马群上路，就暂时放过了斯摩奇。斯摩奇跌跌撞撞地退到其他马中间去了。

新的旅途开始了，几天中，它们又走了二百英里。斯摩奇的头部还在隐隐作痛，伤口还在流血。在奔跑中，它的伤口变得更疼了，心里对盗马贼的恨也越来越多，变成了一种心病，它甚至觉得只有杀了他，才能治愈这种心病。几周以后，斯摩奇的伤口结了痂，但是它心里的伤痛还在蔓延。

这一天，在平原的边上，有一个被松树林掩映的马厩。树林边有一个炊烟袅袅的小木屋，一个牛仔站在木屋前。盗马贼一点都不怕，因为他已经走了五百英里的路，而且那些马身上的烙印也被清除掉了。他觉得这是暂时歇脚的好地方，也许这个牛仔会帮自己驯服一下那匹灰褐色的马。

这个牛仔第一眼就不喜欢这个人，但是因为他驻守在这里一直见不到一个人，所以见到他还是有些高兴，答应帮他对付那匹不听话的马。

第二天早上，牛仔和盗马贼走进马厩，斯摩奇想："坏了，一定会发生点什么坏事。"不过，今天它的状态特别好，看到盗马贼的时候，它的耳朵向后边一收，浑身上下立即充满了仇恨，做好了战斗的准备，它甚至为有这么一个机会而感到暗暗高兴。

可是，缰绳像一团黑云一样闪过它的头，它都没反应过来发生了什么事，就已经侧躺在地上了。它的马蹄和牙齿也没有发挥上作用。它无助极了。盗马贼把自己心中憋了很久的愤怒都释放出来，他打它，踹它。斯摩奇不服气，用牙齿把他的衬衫撕破了。盗马贼更生气了，他想自己有理由打死这匹马了。

那个牛仔远远地站着，看着。不过他已经明白眼前发生了什么事，他觉得这匹马不会相信自己，就想让它自己去解决。他走上前对

盗马贼说："嘿，我的伙计，你这么打马有什么用？你骑到它背上打它不是更痛快吗？"

"你说什么呢？你是不是认为我做不到哇？"盗马贼说着瞪大双眼，火冒三丈。

牛仔帮他把马鞍放到斯摩奇的背上，心里还在偷偷地笑——等一下就会有这家伙好看的了。牛仔非常警惕，他稍微靠近马头，那匹马就立即凑近他的胳膊，似乎想要咬他一口。现在，所有的人在它的眼里都是敌人，只要一有机会，它就想把他们撕成粉末。

盗马贼跃上马背，还在努力想让自己坐稳一点，不过牛仔已经解开了绑在斯摩奇脚上的绳索，自己快步跑到马厩的最高点。牛仔刚刚跑到地方，就听到一阵骚动声，好像是山崩了一样，他赶紧转过身来，发现斯摩奇已经站起来了。这次轮到斯摩奇打他了，这是它等待已久的机会，它借助背上的马鞍攻击他，它一次次用力地跳跃着，每跳跃一下，马鞍就在盗马贼身上打一下，使他发出鬼哭狼嚎般的声音。

盗马贼本来是一位优秀的骑手，但是他发现，斯摩奇实在是太难对付了。他作为一个优秀的骑手所具备的本领全都发挥不了作用了。特别是斯摩奇在疯狂地转身，没几下就让他发现自己坐在马鞍上来打斯摩奇的想法，实在是太愚蠢了。马鞍的边角和边尾轮番从各个角度打在他身上，他痛得龇牙咧嘴。突然，他的双脚一下子脱离了马镫，于是整个人呼啦一下就悬挂在一侧了，而其中一个马镫弹起来，正打中他的眉心，这时他再也没法支撑了，于是他就像一吨重的铅一样，结结实实地掉在地上了。

那个牛仔一直站在马厩的顶点欣赏，还不时发出哈哈的笑声。特别是看到盗马贼的鼻子都栽进马厩的土里的时候，他的笑声更大更狂了。因为他这一辈子还没有看到过一个人被这么惨地打败过。

盗马贼趴在地上很久都没有动一下，这让牛仔终于停止了大笑。这时斯摩奇只有一个念头——摆脱背上的马鞍，因为那上面都是盗马贼的味道。马鞍终于松动了，离它的肩部越来越近，滑到了肩部的最高点，然后开始往下掉，马鞍掉到地上的时候，它嘴上的笼头也跟着一起掉了下来。盗马贼也站了起来，斯摩奇趁机偷偷逃跑了。

牛仔劝他换另一匹马骑，赶紧上路，还帮他把马群赶到一块。可是他并不想放弃斯摩奇，他还要再去"关照"它。

几个月过去了。盗马贼终于又找到了斯摩奇的行踪，时节已是晚秋了。那时候，大部分听话的马都被他卖掉了，包括斯摩奇的弟弟佩科斯。他捉到了斯摩奇，把它关在马厩里。他日夜用棍棒打它，给它吃过期的干草。他想击垮这匹马的意志力，也想扭断它的脖子，他觉得自己一定可以让它变乖。只有这样，才可以把它卖出自己希望的价钱。斯摩奇没有消沉，它努力地忍受着棍棒的捶打，嚼着难咽的干草，它想活下去。

三月份的一个夜里，突然刮起了一阵大风，马厩的门被刮得咣啷作响。斯摩奇借助门的缝隙看到了广阔的原野。它毫不犹豫地撞开门，冲了出去。在野外，它很快遇到了一群野马，过上了自由自在的生活。盗马贼不死心，还时不时地尝试着想把斯摩奇赶回马厩。斯摩奇很痛恨他，它觉得这个两条腿的怪物比响尾蛇都可怕。

这个夏天，斯摩奇尽情地享受着自由的时光，恢复着体力；盗马贼日日夜夜地在研究斯摩奇和那些野马面临追赶时可能逃跑的路线，他太熟悉这里的地形了，终于他想出了一个好计划。他在沿途安排好

了自己备用的坐骑，逃跑之路的尽头有一个很隐秘的马厩陷阱。

时令已是初秋，在一天傍晚，盗马贼发现了斯摩奇，就一直跟在它和其他野马后面狂追不止。那些野马一匹接一匹地掉队，跑到别的小路上去了，可是斯摩奇和剩下那些最强壮的马还是沿着盗马贼停放新坐骑的路线奔跑着，他不断地换马奔跑，最后连最强壮的野马也陆续离开了队伍。只有斯摩奇依然坚持向前跑，它跑得四肢发软，步履蹒跚，最终它发现自己被困在一个马厩里边了。它累坏了，根本没有注意到那个把门关上的人就是盗马贼。计划实现了，他满脸坏笑。

疲惫、饥饿、恐惧轮番地折磨着斯摩奇，它精神恍惚地过了几天，斯摩奇失去了活力，心脏似乎也萎缩了。面对盗马贼的毒打，它不再躲闪，连眼睛也不眨一下，好像放弃了挣扎。盗马贼还在虐打它。直到有一天，他竟然狠狠地戳到了斯摩奇身上最敏感的地方，它才恢复了知觉。从这一天起，斯摩奇产生了一种欲望——摧毁所有自己不喜欢的东西。它有了自己的目标，开始吃草喝水，等待时机，寻找地点。

盗马贼也非常敏感，他预感到如果自己离这匹马的牙齿和蹄子太近的话，可能会发生危险，他经常偷偷地躲在木桩后观察着斯摩奇。他非常绝望地想："干脆就少收点钱，把它卖掉吧！不行，要卖个高价。"这个想法让他又按下了拔出手枪的冲动。

"今天，我就让你尝尝在地狱里长跑的滋味。"盗马贼一边说，一边拎着斯摩奇的马鞍。他走到马厩时，用一根长长的木杆把斯摩奇赶进斜槽，在这里斯摩奇没法动弹，于是它被套上了马鞍。新的虐待又开始了，斯摩奇驮着盗马贼，已经走了十英里路。一路上躲过了动物的洞穴，也跳过了污水。它时常偷偷地观察着坐在自己背上的两条腿怪物，希望能咬到他或踢到他，最好把他甩到地上。

盗马贼当然能感觉到来自斯摩奇的恨意，他不停地用马刺刺它，用马鞭抽打它。斯摩奇忍着疼痛，一路狂奔。它的身体慢慢地变热，它的心也变得狂躁不安。它现在只需要一个爆发点了。

跑到一条陡峭的河岸边时，斯摩奇有点犹豫了。在那一瞬间，它想寻找一个可以稍微缓和的地方跳下去。这时候，老是找机会想教训它的盗马贼，立刻抬起马刺，摇起马鞭，打在它的身上。斯摩奇吓了一跳，疼得发出一阵嘶鸣。它原本潜藏在心里的恨意和怒火一瞬间像火山一样彻底爆发了，它从岸边跳了下去。当它落到地面时，把头埋在两条前腿之间，从原地向上跳起来，盗马贼奇迹般地在它的几次跳跃中坚持了下来，没有被甩下去。但是很快，他就被甩到了空中翻了个圈，用手脚支撑着落到岸边。

他看见自己面前的地上出现了一块巨大的阴影——那是斯摩奇的影子。他立即从枪套里拔出手枪，准备开枪。不过他迟了一秒。这时，斯摩奇就像一头巨大的美洲豹一样，朝他猛地扑了过来，那个手枪就这样被埋在了土里……

第十二章 "美洲狮"的威与恨

格莱玛小镇突然变得热闹起来了——大幅海报让人们沸腾——电线杆上、大小店铺的窗子上，到处都贴满了海报。海报宣传的是即将举行的骑手晋级赛，上面详细介绍了各种比赛的项目，还附有竞技赛马优美腾跃的照片，而海报正中是一匹最出色的赛马的照片，它正以一种不可思议的方式将背上的骑手摔下来。赛马的照片下有一行醒目的大字："美洲狮"挑战全球最优秀的骑手。

"美洲狮"是这匹马的美称，据说它擅长把骑手摔下背来，它的表演是这次竞技赛的最大看点。海报上也说了，凡是参赛的骑手，无论来自什么地方，只要在规定的时间内，能在"美洲狮"背上不被摔下来，都能获得丰厚的奖金。就"丰厚的奖金"这一点，哪个骑手会不心动呢？

实际上本次大赛举办之前，"美洲狮"已经参加过一些赛事，也因此才能出名，领教过它的威风的一个骑手说："这可不是一匹普通的马，除了威力无限的腾跳，它似乎还有些令人胆寒的东西——它的眼中充满了恨意和杀气。"要不是赛场上专门有人负责安全问题，可能好多骑手掉下来后都会被它的铁蹄踩死。人们还注意到一个奇怪的现象——每当面对皮肤黝黑的骑手时，这匹马的恨意和杀气就会更加明显，更加浓烈。

骑手们自然也谈起了"美洲狮"的来历。据说最初是一个牛仔在沙漠中的一群野马中发现它的，当时它的身上还驮着一个空马鞍，下巴、膝盖上存留着好多早已凝结的血迹。但奇怪的是，这些血不是它自己的，因为它身上并没有任何伤痕。

随后，当地报纸上出现了"寻找马主人"的告示。告示上说："这是一匹全身灰褐色的大公马，满脸怒火，腿部发肿，身上有一块车轮式的印记，但似乎是涂改后的结果。"告示连登了两周，却一直没有人来认领，最后这个牛仔把它关进了围栏。

这个牛仔第一眼就喜欢上了这匹马，他说："它那点暴烈脾气不算什么，肯定是原先的主人把它宠坏了，没什么改不了的。"可是很快他就发现自己完全判断错了——他抛了几次绳圈，都被它躲过去了——如果不用缰绳套住它，让它四脚朝天，休想把马鞍套在它背上。那匹马的眼神里有种东西，让这个牛仔心里很不舒服——他和成千上万的马打过交道，很清楚马眼神里的那种东西是什么。这个明智的牛仔站得远远的，用绳圈套住它的脖子，小心翼翼地上好马绊、马鞍和笼头，然后趁这匹马还没有完全站起身时，他跨上马背，快速拿掉踏在马脚下的缰绳。随后发生的事情，让这个牛仔觉得无法用语言描述，语言描述相比于精彩的过程，简直就像用黑色的画布画黑色的亚利桑那大峡谷一般无趣。

这个牛仔还没明白发生了什么事情，就已经被甩下来了。他反应机敏，眼看着烈马就要将自己踩在铁蹄下，火速向围栏的柱子上面爬

去，接着，他抓住了围栏最顶端的一根木桩子，翻落栏外，否则后果不堪设想。他爬起来，躲在围栏外，喘着气，心狂跳不止，突然间，他想到了当初发现这匹马时，它身上的空马鞍和那斑斑的血迹，内心不禁涌起一阵惊悸。

"哎哟，这哪是一匹马？根本就是一头'美洲狮'！"他满心惊恐地自言自语。从此这匹马就有了"美洲狮"的美称。后来又有消息称，南方有一个大镇将举行独立日庆祝活动，其中包括骑马晋级赛，活动主办方悬赏一百美元，寻求最好的赛马，就这样，"美洲狮"首次走向了赛马场。选马开始前，场上所有的工作人员都受到了警告——要随时提高警惕，以防有人受伤。后来赛场上发生的一切证明这些警告是多么有必要。

"美洲狮"通过了测试，带它来的牛仔也高兴地领到了赏金。所有的人一致认为这是一匹最难骑的马，别的赛马跟它差得不是一星半点。"暴烈、难以驾驭"就是"美洲狮"的标签。随着参加赛事的增多，"美洲狮"的名声渐渐大了起来。有人想出一百五十美元买下它，被牛仔拒绝了。最后，买方因为在"美洲狮"身上看到了黄金，又提高了五十美元，终于成交了。从此"美洲狮"成了一匹专业的赛马，日复一日地过着这样的生活：从围栏到车上，从一个赛马场到另一个赛马场。

众多的赛马爱好者都慢慢记住了这匹"美洲狮"，记住了它的暴烈难驯，它的擅跳好斗，它对骑手浓烈的恨意，尤其是它的冷静和智慧。它的声名越传越远，很多人从很远的地方特意赶来，就只为了看它的表演。只要有"美洲狮"表演的赛场，观众总是爆满。

再后来，西南部各个州的赛马爱好者们都开始像谈起电影演员一样谈起"美洲狮"来了。竞技委员会注意到了这一热潮，开始为"美洲狮"下注，"美洲狮"顿时身价倍增。有人曾开价五百美元想买下它，但立即被毫不犹豫地回绝了。现在，有人猜测，即使出价一千美元，也不一定能买到那匹马。

人山人海的赛马场上，每一位激情涌动的观众都想看清楚这匹马的每一个动作，但每个人都觉得自己的一双眼睛不够用。"美洲狮"一出场，所有观众都会屏住呼吸，但最激动人心的时间又不会太长，因为马背上的骑手都是被颠得不识东南西北以后很快就被摔下来，任你以前多么优秀，在"美洲狮"这里皆狼狈不堪。渐渐地，骑手们也觉得被这匹"美洲狮"摔下来并不是什么丢脸的事了。

"美洲狮"的跳跃能力无马能及。但更奇怪的是，仔细观察过它在赛场上的表现的人发现，这匹马不仅有着其他赛马那种本能的野性，而且它似乎有人的智慧。普通的赛马都是一阵腾跳，将背上的骑手颠得弹起来后，本能地等骑手重新坐好了再进行下一次腾跳，而"美洲狮"呢，它只要感觉到背上的人弹起来了，只要弹起了一丁点，它就不会再给人机会坐回来，它还会继续不停地猛跳，直到背上的人被颠下来为止。

大家发现"美洲狮"的智慧还不止于此，它还有很多与人类极为相似的表现——它对人的那种憎恨，简直和人与人之间的憎恨一模一样，甚至比那还要危险。就像负责照看它的那个牛仔说的那样："那匹马对人憎恨到那种程度，肯定是有人对它太不好了，除此之外，它头脑中也有其他什么东西，似乎它是在渴望某种已经遗失的、无力挽回的东西，就像正在想念某个人。我真希望哪一天，它能像它恨我那样喜欢我。"

"美洲狮"走向赛场的头两年，是它表现得最凶残的两年，它的内心深处似乎有一种刻骨的怨恨，憎恨人类是它唯一的精神食粮。那些赛场上用来挡住它，保护摔到地上的骑手的安全横木上，都留有它的牙齿啃咬和铁蹄踢踏的痕迹，触目惊心。

在摇R牧场时，它也会跳得很厉害，克林特每次骑它都会多加小心。但那是出于本能的跳，一匹聪明的野马都会这样做，而且它当时只是想试试，能不能把背上的马鞍和人弄掉，并无恶意。

从前的斯摩奇就好像是一个平静度日的平凡人，而现在的"美洲狮"则如同一个满心怨毒的暴徒一般。现在，"美洲狮"完全生活在恨意中，不在意自己的身体，宁可选择两败俱伤，也力求把敌人踩在脚下。不过它的恨意只是针对那些想要驾驭它的人，对远离它的普通牛仔，它并没有什么恨意。

"美洲狮"是一匹正统的野马，所以它的两只耳朵通常不会往后竖起，而是向前伸着的，这使所有的人都误以为这匹马现在还没有想攻击人的意思，当它透过赛场的木条看外面的人时，耳朵也只是向前伸着，但它那双眼睛流露出的神情分明在说："你要是敢到我面前来，我可不能保证什么事都不发生。"有的人只看见了它的耳朵，忽略了它的眼睛里的东西。于是，好些次，那些只把耳朵向后竖当作"美洲狮"进攻发出的信号的牛仔会被咬得很惨。这时，在赛场外待命的救护车就会火速上场救人，眨眼间，就有救护车疾驶而过。与此同时，看台上的好多观众都会突然脸色发白，发出尖叫声，用变调的声音热烈地交谈着什么……

"美洲狮"的恶名不胫而走，越来越响亮。

有一天，一个脸上有些雀斑的小个子幸运地闯进了决赛，取得了

与"美洲狮"较量的资格，据说这位骑手来自很远的地方，专门为征服"美洲狮"而来。他前三天在赛场上骑马的表现也证明，他确实是一位优秀的骑手。决赛开始了，这位骑手一见到"美洲狮"就大喊："我的天，我这么远跑过来竟然就只是为了骑在这匹马的背上。"他摸摸马刺，继续咧开嘴说："朋友们请好好看着，让我来教教你们如何用马刺在马的耳朵上奏乐。"

这个人一直以来都只是在大平原上骑那些乱蹦乱跳的野马，确实有些英雄无用武之地的寂寞，他只能向凤尾兰和仙人球炫耀自己的高超骑术。现在这里有乐队奏乐，有如潮的观众，有丰厚的奖金，这些都让他豪情万丈。

"这匹马，哎呀，我喜欢！"他又看了"美洲狮"一眼说。套马鞍的那点折腾对他来说确实不算什么问题，当他要跑上赛马的槽道时，嘴咧得更大了，笑得更欢了，他不知跟多少野马打过交道，没有哪一匹马曾经难倒过他。他在想："这些野马都只会做同一件事——乱跳，以我的本事还制服不了它呀！我敢用我一年的收入打赌，就算它是从地狱来的恶鬼，最后我也要让它夹起尾巴大喊救命，乖乖地滚回老家去。"他正美美地想着，就听见负责人大喊一声："骑手已上马！"

一瞬间，槽道的门被撞飞了，驮着骑手的"美洲狮"飞奔而出，那骑手还在大叫大笑，他越过裁判，用马刺疯狂地戳着把地面震得晃动不已的烈马。

"美洲狮"再次怒吼着，腾跳到空中，这个骑手也大喊："'美洲狮'，来，来吧！"一阵尘土扬起，裁判们都没能看清接下来发生的事。不过，即使没有尘土，估计他们也看不清楚，因为一切发生得太快了。下个瞬间，人们只是看见一撮灰褐色的马毛飘散开来，而那个骑手已经完全歪在一边了，但他确实是技术高超，也足够勇敢。此时情况这么危险，他还在大声呼喊："'美洲狮'，来，来吧！"还在用马刺戳着"美洲狮"。"美洲狮"显然已经掌握了这位骑手的步伐和节奏，完全控制了局面，即将反攻。眨眼间，那个人被完全颠离了马背，整个身子掉在了一侧。虽然整个人随着马的腾跳晃来荡去，但是他手上的绳子也没闲着，不断击打着马的身子，发出啪啪的声音，而他的身体与马鞍撞击的声音响彻全场。一旁的工作人员知道要发生什么事了，他们想赶在那个人被"美洲狮"扔出去之前，套住它的头部，但一切太晚了，下一秒发生的事情让看台上的观众脸色发白，彼此紧紧相拥，有的人则闭上了眼睛不敢再看，尖叫声响成一片。

突然，"美洲狮"猛的一个大腾跃，那个骑手本来还在用马刺疯狂地戳着"美洲狮"，却一下子"飞"了起来，然后头朝下往地上栽去。刚才还在暴跳的"美洲狮"猛然转身，耳朵突然向后收起，露出白牙铁蹄，像一头真正的美洲狮一样猛扑向那个栽在地上的人。庆幸的是，那个人竟落在围栏外的另一侧，否则他可能马上就要告别人间了。盛怒之下，"美洲狮"疯狂地冲击着围栏，一心想赶上去，把刚才欺负它的那个人踩在脚下，栏杆在它的撞击下咔嚓地断裂了。在这万分危急的时刻，赶上来的工作人员总算用两根绳子套住了疯跑的"美洲狮"的脖子。

观众们终于松了一口气，而场外的骑手还没有起身，直到有人跑过来帮忙，他才晃晃悠悠地站起来。他的背部和肋骨像要断裂了一样疼痛不已，他满脸痛苦，一会儿喊："哎哟，我的腰！"一会儿又喊："我背上的肉都在痉挛了！"他喊完，向观众茫然一笑，似乎刚刚才

回过神来，又看见自己的整件衬衫几乎都没了，只剩下几个飘动的布片，生皮护腿上有好多被"美洲狮"的铁蹄飞踹后留下的印痕。看了一会儿自己，他又笑了，开口说："幸亏穿了这生皮护腿，不然现在我肯定已经见到上帝了。"

从此以后，这位骑手总是出现在赛马场上，在靠近"美洲狮"出场的位置观看比赛，他平生第一次遇到了自己驯服不了的马，这个事实真的让他太难受了。此外，这匹马身上还有很多神秘的特质深深地吸引了他，这就是它身上那种让人胆寒的恨意和凶气，那种除了技术和勇气之外的智慧。这个骑手很想坐到"美洲狮"的背上，把一切弄明白。

他回老家以后，一边干活儿，一边抓紧一切机会苦练骑马的技术。而一到夏天赛事旺盛起来的时候，他就会跟随着"美洲狮"辗转各地。他希望哪天回去时能告诉自己的老板："我把那匹马驯服了。现在，我坐在它光滑油亮的背上，要它怎样它就得怎样。"

他跟了"美洲狮"两个夏天，还获得了三次进入决赛的机会，但每次骑上"美洲狮"时，他都会被摔到地上，然后仓皇逃命。

"这匹马可真是厉害，随时都能动真格的。"有一次，他跟另一位骑手说，"哎呀，我的天，这也正是我总想去征服它的原因哪！"

"美洲狮"在赛场上度过了三个夏天，它不断地挑战着全世界最优秀的骑手。参赛三年的时间里，它一直保持着背上空无一人的记录。

又一个秋天要到了，一场比赛即将开始了。一个从怀俄明州到南方来过冬的牛仔听说了"美洲狮"的事，也来报名参加。这个牛仔轻松地进入了决赛。决赛那天的下午，他一直在槽道附近徘徊，仔细检查了马鞍上的皮带和肚带，看它们够不够结实，能不能经得起拉扯，轮到他上场时，这个牛仔对观众笑言："我也强烈地感觉到，这匹马跟别的任何马都不一样。但既然来了，我也就只能祝自己好运了。"

"你得需要很多的好运才行呢！"有人大声开玩笑回应他。

一切就绪，这个牛仔爬上马背，搂紧缰绳，双腿稍向前伸，身子稍向后仰，准备应对"美洲狮"的第一次腾跳。他摘下帽子大喊一声："我们出来了。"一眨眼，人和马都已经到了竞技场上，较量开始了。

又是一阵尘土过后，这一次，每个人都露出了万分惊诧的神情，因为他们发现那个牛仔竟还在马背上，而且似乎仍然坐得很稳，裁判们的眼珠子都快掉下来了，个个瞪着眼看这不可思议的一幕，都忘了规定时间已到，可以鸣枪结束比赛了。直到有的观众忍不住了，大喊："时间到了！"他们才从恍惚中苏醒过来。

枪声一响，宣告一出，那牛仔也终于支撑不住，从马背上栽了下来。他能支撑到最后也并不容易，这下他可能要好多天才能恢复过来。"美洲狮"第一次腾跳时，他就觉得自己的脊柱简直要从喉咙戳出来了，紧接下来"美洲狮"的每一次腾跳，都让他一次次地重复着这种疼痛，最后自己都快晕过去了。他经验丰富，努力摆脱那种头晕目眩的感觉，拼命牢牢地贴在马背上，利用剩余一点的清醒，尽量注意着马的动作。似乎过了几个世纪，枪终于响了，他栽下来了，他也顾不上别人怎么评说，反正自己熬过规定的时间了。

"'美洲狮'的竞技能力开始走下坡路了！"一个赛马爱好者说。

"可不是吗？要是在以前，这个牛仔早就被摔下来了。"另一个赛马爱好者应和着说。

　　"说什么呢？'美洲狮'的威力在竞技场上已经保持了六年，这本身就已经很不容易了。"又有一个赛马爱好者表示。

　　在这次比赛以后，越来越多的人开始注意到"美洲狮"的速度不如从前了。一年秋天，又有一个骑手在赛场上赢了"美洲狮"之后，又有两个牛仔赢得了比赛。观众们惊讶地一致承认，"美洲狮"已经不再是从前那匹狂蹦猛跳的野马了，比赛的奖金也从一千美元降到五百美元。"美洲狮"的名声开始迅速回落。

　　"美洲狮"对人的那种深切的恨意似乎也渐渐平息了。有一次一个骑手被它摔下背来，就掉在离它很近的地方，但它并没有像从前那样猛扑上去，而是从那个人身上跃了过去，好像还努力注意别踩到那个人……私下的议论声多起来了，人们都认为"美洲狮"已经完全不是以前那匹"暴烈、难以驾驭"的野马了，简直像一匹宠物马，有人甚至怀疑它以前的那些名声根本就是比赛主办方为宣传而制造的噱头。

　　实际上，"美洲狮"的这种改变并不是因为它的体力不如从前，更不是比赛主办方用来宣传的噱头，而是有它自身更深刻的原因——它的内心渐渐地有了改变。这六年多来，它在赛场上、赛场下接触了那么多人，虽然没有一个人对它太友好、太关爱，但也没有哪个人对它很恶毒、很凶残。它越来越觉得，这些人身上没有什么让自己刻骨仇恨的东西。当初它在赛场上表现出的那种恨，实际上是它对那个恶毒的盗马贼的恨，恨已经完全浸透了它的心，主宰了它的思想，让它忘掉了一切。现在，它已经开始意识到别的人身上并没有盗马贼那种恶毒的东西，甚至还能感受到人们对自己的赞赏和尊重，所以它已经慢慢摆脱"美洲狮"的身份，回归原来的自己——斯摩奇。

好多骑手对"美洲狮"野性的消失感到失望，更多的观众也是同样失望，但这是斯摩奇自己的选择——它回归了自我，回归了善良。不久，比赛组织方买到了一匹稍微偏瘦的灰色大野马，取名"灰美洲狮"。大概是想让它顶替原先那匹闻名遐迩的"美洲狮"，这匹"灰美洲狮"也确实是一匹出色的烈马，但它终究没有斯摩奇那种明确的目标和过人的智慧。它在赛场上的表现也算极为优秀，但无论如何都无法与当年的"美洲狮"相媲美。

不过，"灰美洲狮"出场以后，老"美洲狮"也渐渐地淡出了人们的视线。终于有一天，在人们满怀期待与不舍的目光中，这匹曾经威震八方的烈马迈着优雅的步伐，缓缓地跑到赛场的另一边，与人们告别了……

群内回复"海底两万里"，
可获取少儿科幻广播剧《海底两万里》音频资源。

第十三章　一匹温顺的骑乘马

"美洲狮"被赛马场的老板以二十五美元的价格卖给了一个养马房。这个养马房养的马只用来出租给人家拉车或骑乘。养马房的老板看"美洲狮"膘肥体壮，脑子里时刻都想着怎么从它身上赚取更多的金子——本来他打算让斯摩奇拉车去沙漠送货，但刚好有几个游客来镇上游玩，到他这里来租马。最后还差一匹马，老板的目光搜寻过各个角落，最后落在了这匹新买来的灰褐色大马的身上。

"我这不是没办法了吗！其实我也很担心这匹马给我惹出什么祸来。"他心里想。因为之前他也听说了"美洲狮"所有的故事。他害怕这匹马伤害乘客，所以打算自己先骑一下。他战战兢兢地骑上了马，绕着马厩骑行。他心里咚咚地打着鼓，腿上直打战。可试过的结果让他太吃惊了——这匹马不但一次都没有弓背跳跃，而且还非常温顺，想让它往哪儿走，只要一扯缰绳，它就会乖乖地听从指挥。

老板的脸从苍白转为红润，大腿也不再一直发抖了，他满面笑容，又是高兴，又是惊讶地咕哝着："哎呀，真想不到，这匹马竟然是一匹优秀的骑乘马！"

"不行，我干脆把它分配给那个最强壮的年轻人去驾驭，这样万一出了事，我也能够少点负担。"

养马房的老板一整天都在提心吊胆中度过。

黄昏时分，那群游客才回到养马房，他们个个累得趴在马背上，一副下不来的样子，老板眯着眼睛，好一阵才看清楚，骑着"美洲狮"的那个年轻人还在马背上，显然不曾发生过什么事故。他松了一口气，开心地笑了。

"这匹马非常不错，它叫什么名字？"年轻人一边称赞，一边跨下马背。

因为"美洲狮"名声在外，所以老板不能报出这匹马的真名，他犹豫着，斟酌了好一会儿，终于回答说："它叫克劳迪。"

"克劳迪，这个名字很好。"年轻人笑着说。

"克劳迪"这个名字，不如它在北方牧场时的名字"斯摩奇"能体现出它的优点，更不如它在赛场上的名字"美洲狮"让人胆寒。只是它现在已经落魄到养马房，成了一匹人人都能骑乘的马，克劳迪也就这样被人们叫开了。

克劳迪也感觉到，这里的活儿实在是没有趣，它就是一匹计时出租供人骑乘的马，每天做的事，平淡无奇，没有一丁点挑战。它开始默默地接受这一切，再也不去喷响鼻表达自己的不满了。再往后，它甚至对周围的一切都漠然和麻木了，只有养马房里的干草以及劳累一天后获得的那点谷物，还能让它有点兴趣。

一天清晨，养马房的老板用马梳给克劳迪梳理全身的毛。它以前没有接触过这种东西，但已经一点也不介意它碰到自己身上了，再后来，它开始期盼那种感觉了，因为它觉得那就跟在地上美美地打了个

滚儿一样舒服。从此，克劳迪对生活的渴望，就只剩下谷物、马梳，以及劳累后轻松、安静的休息。

通常，每天一大早，就会有个挺着大肚子的白发老头儿来到马厩，他牵出克劳迪，喘着粗气，费好大的劲儿骑上它的背，让它开始一天的工作。老头儿特别沉，骑术也很拙劣。不过，克劳迪并不讨厌他，因为他通常都会去郊外溜达，进入某个山谷和小山路，这是克劳迪比较喜欢的地方，因为这里能唤起它对以前生活的回忆。到了这里，老头儿就会跨下马背，有时候还会和克劳迪说会儿话。即使听不懂也没关系，因为它喜欢听老头儿说话的声音。在郊外骑马时，老头儿不会粗暴地催它快跑，即使有时需要加速，也会很注意分寸。每次老头儿送它回马厩时，克劳迪几乎都没出汗。

不过，那才是一天工作的开始。刚回马厩，就会有另一个精神十足想要好好逛上一圈的人又来骑到它的背上，开始另一轮溜达。

中午回来刚吃完草料，还没来得及多喝上几口水，又有人出现在马厩门口，点名要骑克劳迪，好多人都对养马房的老板说："你不知道吗？我就喜欢骑这匹马！"

既然客人喜欢克劳迪，老板也就不管它能不能吃得消，只要有生意就接活儿，只是回头稍微给它多分点谷物罢了。有时候它得干到深夜，回到马厩时全身是汗，连走路都没有力气了，但是第二天还得照常干活儿。当结束这又无聊又疲劳的一天时，它只想快快回到马厩，去好好享受一下晚上那段休息时光，它会半闭着眼睛，慢慢地咀嚼着干草和谷物，美美地感受此刻的安宁、轻松，让疲惫的身心得到休息，最后它会睁开眼睛，把剩下的干草和谷物吃尽，积蓄体力面对明天的活儿。

　　各种各样的人都骑过克劳迪。偶尔有的租客会很体贴，似乎知道马也有感情和智慧。但大多数人根本不会想这些，他们只顾自己尽情地玩，不会想马或许已经太累了。所有租客中，男孩子们是最不体贴的，他们刚骑上马就会让克劳迪大步快跑，而且一路上都不会给它减速休息的机会，从开始到最后都是策马狂奔，有时中途还会把它借给别的男孩狂奔一段。这些年轻人都会使出浑身的劲儿，向同伴炫耀自己的本领，根本不考虑这匹马早已疲惫不堪，就连下山还会让它一路狂奔，也不管前方有没有路可以走。

　　为了让克劳迪跑得更快，马刺和马鞭会时时地落在它身上，有那么一两次，疲惫不堪的它曾准备反抗，但那只是头脑中的小火花，一闪即逝。岁月蹉跎，它的意志也渐渐消沉了，再也回不到从前了。现在，它只是一匹普普通通的出租马，所以当马刺戳上来时，它也只有听话地奋力奔跑了。

　　这些络绎不绝而且极少体贴的租客其实就像一群狼，他们源源不断地向养马房拥来。真正的狼群如果捉到一匹马，会立刻杀死吃掉，而这些狼一样的租客呢，他们都是为了获得骑上马背的快乐，而将它一点点地折磨死。他们根本不去想，自己这些自私的享乐正把这匹老马一点点往棺材里拖，让它最后的时日变得越来越少。老马越是听话配合他们，他们就越是觉得这匹老马好欺负，当然也可能是误以为它状态不错，越是策马狂奔。

　　冬天终于又来了，人们都躲在温暖的房子里，赖在火炉边，不愿外出。游客们也全部离开了，镇上一片寂静。镇上也有两样非常热闹的东西，那就是时不时从山上刮来的寒风和越飘越密的雪花。

　　随着冬天的到来，那些像狼一样的租客全都不见了，这让克劳迪

仅有的一点生命力得以维持下来。它已经瘦得皮包骨头，以前放马鞍的地方留下的疮口也在隐隐作痛。它不懂得用人类的语言表达，但是它多么感激冬天，实际上，寒冷的天气让它不再劳累，但它的体力一天不如一天。可是，它喜欢寒风，因为它觉得呼啸的寒风吹到耳朵里的声音就像一首美妙的音乐。它真希望这寒风永远刮下去，虽然马厩里有些冷，但只要风还在吹，它就可以美美地打个盹儿，眯上一觉。它还能时时得到一点谷物和干草，有时候它还会想起遥远的牧场、遥远的克林特和弟弟佩科斯。

克劳迪恢复了一些体力，冬天也就在寒风侵袭和大雪飘飞中慢慢地过去了。春天终于来了，人们又开始想出门了。

第一个来租克劳迪的，还是那个对他比较温和友善的白发老头儿。几天后，又来了一个说自己很喜欢马的年轻女孩。养马房的老板让她试骑了一下克劳迪，发现她对克劳迪既温柔又细心，也就放心了。

以后白发老头儿和这位年轻女孩就成了克劳迪每天固定的租客，别人没有机会骑它出去了，其实要换了前几年，老板一定会多租几个租客的。但是现在，他发现克劳迪确实变老了，跑不动了。他只是想尽办法让它多支撑几年罢了。

两位固定租客似乎并没有意识到这匹马已经越来越衰老了，仍然天天来骑。好在两人对它都很和气、很友好。年轻女孩每天下午来的时候，口袋里都会装满糖果，她会骑着克劳迪去山间小路上走走，她喜爱欣赏沿途美丽的风景，时不时会轻轻抚摩着它的脖子，对它说一些心里话。走上坡路时，她会让它慢下来歇一歇，有时还会跨下马背，让它更好地休息和调整。这时，她还会从口袋里掏出几块糖来给它吃，她想让克劳迪补充一下能量。克劳迪从来没吃过这种成块的、白色的东西，所以开始它并不想吃，但女孩把糖送到它的鼻子下来了。它闻到了一股不难闻的味道，摇了摇头，喷着响鼻。女孩执意让它吃，它只好咬了一口，嚼了嚼。它觉得这味道还不错，于是又咬了一口。它一连吃了好几块，女孩开心得不得了。

后来，克劳迪慢慢地还会向女孩"要糖"了。这时它会停下脚步，回头看着背上的女孩，意思就是它想要一块那种白色的东西。有时女孩跨下马背站在旁边，克劳迪会用鼻子去顶她放糖的口袋，想要自己"找糖"，但女孩一点也不讨厌克劳迪"要糖"和"找糖"，反而觉得这非常有趣。她非常喜欢克劳迪，觉得这匹马最听话、最体贴。不过，要是她知道糖果并不适合马吃，她一定还会在口袋里给它带些谷物呢。

在一个阳光和煦的春日下午，女孩又骑着克劳迪上路了，本已老迈的克劳迪这一天突然觉得精神高涨，四蹄有力，它一出马厩便奋力奔跑起来。女孩也以为这是它自己的意愿，不忍心让它慢下来，而且养马房的老板告诉过她，如果路程不长，偶尔让它跑一下也没关系，所以，她也身体前倾任它奋力奔跑，快活极了。

克劳迪越跑越远，路边的景色已经和平时每天走过的地方不一样了，它似乎又回到了年轻时代，虽然汗珠子开始滴落下来，但是即使是爬坡，它也仍然没有减速。

克劳迪的全身都被汗水湿透了，但它仍然一心向前奔跑，兴奋让它完全忘记了自我，年轻女孩也沉浸在这种活力无限的奔跑之中，自骑马以来，她第一次觉得快乐极了。她高兴得两颊绯红，满脸笑容，连风把自己的帽子吹掉了都不知道。这一人一马都沉浸在奔跑的兴奋

与快乐之中，早已跑出了平时所跑的区域。

女孩和克劳迪沿着一条小溪，到了一个山谷，路越来越陡了，克劳迪觉得呼吸越来越困难了，实际上，这个时候它应该渐渐慢下来，否则它最终会倒在路上，但是它丝毫没有要慢下来的想法，它就是这样一匹永不言弃的马，这是它的性格。

女孩也没注意到马的这种情况，仍然静静地享受着奔跑带来的快乐，直到前面的路被融化的雪水冲没了，才停下来。女孩慢慢地回过神来，她发现自己已经跑出太远了，而且只能原路返回了。她把一只手搭到克劳迪的脖子上，刚想对它说话，却摸到了满手的汗水，她低头一看，不禁大吃一惊——马全身都是汗，而且呼吸变得越来越困难了。

她一时不知所措，下了马，又焦急又害怕地看着它。马已经开始全身发抖，身子摇晃着，看起来随时都会倒下。女孩从没见过这种情况，吓坏了，陷入深深的自责。但是凭直觉，她觉得首要的是给它降温，她迅速将马鞍、鞍褥之类的扔到地上，汗立即从马背上冒出来了。

这时，她看见不远处有条小溪，于是小心地把马牵了进去，避开一块又一块的大岩石，让它进到没膝的溪水里。等马站稳后，她开始用手撩起冰凉的溪水，泼向马的全身各处。过了好一阵，马终于不再发抖了，呼吸也渐渐顺畅了。过了大约半个小时，它开始贪婪地喝起溪水，看来危险已经过去了，女孩脸上露出开心的笑容。女孩摸着马背，发现它已经降温了，她又带着它到山阴处站了一会儿，发现它已经开始打冷战了。

太阳快落山了，女孩牵着克劳迪回到原处，给它套上了马鞍，开

始往回走。这一人一马走得极慢，极慢，就像是在蠕动，年轻女孩此时也注意照顾克劳迪，让它走最好的路。她也注意到这匹马走路时脚步虚浮，身子乱晃，显然已经极其虚弱了。天黑的时候，女孩和克劳迪终于走回了养马房。

老板已经在门口张望着了，他一见女孩，脸上立即露出了笑容，问她："你出去后给克劳迪喝过水吗？"

"没有，"女孩回答，"但我在山上给它喝了溪水。"

"我问你这个，是因为我自己早上忘了给它喝水。"老板又解释说。

第二天，白发老头儿没能骑到克劳迪，因为它已经连动的力气都没有了，它的头几乎垂到了地上，马槽里的干草，它碰都没有碰。中午时分，女孩再次来到养马房，她一见到克劳迪这个样子，差点哭了，只是因为老板在场，她的眼泪才没有掉下来。

"看来它快不行了。"老板转身对女孩说。

昨晚，他一看到马的样子，就已经知道下午发生了什么事，马出汗后洗冷水澡和喝冷水，都是十分致命的事，但他想，既然把马租给了人家，自己就应该承担这样的后果，而且他也看到了女孩特别伤心，所以他不忍心再责怪她，反倒想让她高兴些，于是说："我会全力找一个最好的医生来看它的，或许它会有好转的……"

女孩的眼中又燃起了希望，她说："我能过来帮忙照顾它吗？"从那天起，女孩每天都到马厩来陪克劳迪，内服外敷，各种药都用上了，老板看见年轻女孩积极努力的样子，只有暗暗地摇头，他知道就算这匹马能够活过来，也没法再用来出租了，顶多只能去干点慢活儿或拉马车。

　　治疗持续了一个月，女孩也一直没有放弃希望，可是有一天，她到达养马房时，发现那匹马不见了，她紧张地四处找老板，最后在放干草的阁楼上找到了他。

　　老板见实在躲不过，只好对女孩说："我把它放了，北边有个原野环境不错，我把它放到那里去，它会有新鲜的草吃，也有干净的水喝。我想，这对它是很有好处的。"

　　这个老板撒谎了，他是为了不伤害这个善良天真的女孩，他知道，真要放了克劳迪，它也会活活饿死的，因为北边并没有什么原野，但他的养马房也负担不起一匹毫无用处的老马，所以他只好做了一种残酷的选择，把克劳迪卖给了一个专门收购老马的人。

第十四章　它还会记起我吗

　　买下克劳迪的人在镇外有一小片长满盐草的牧场，他把克劳迪带到那儿，让它和另外几匹老马待在一起。等到有人来买鸡饲料时，这个人就把看上去最难活得久的老马杀了卖钱。

　　不言放弃是克劳迪的本性。它的腿虽然衰弱得很严重，但还能勉强带着它走动，在养马房里那一个多月的治疗还是有些好处的，它的精神恢复了一些，加上牧场上的盐草和狗根草的滋养，它坚信自己还能好好地活下去。

　　在这几周时间里，每隔几天，就会有一个克劳迪的同伴被从小牧场抓走，听到一声枪响后，大家就再也没有看到它回来。有时也会有新的老马被带进来，或许是觉得这匹灰褐色的老马看起来还能活好几年，小牧场的老板将它留了下来。

　　有一天，小牧场上来了一个人，他扫视了一圈以后，看中了克劳迪。于是，它被拉出去，跟另外一匹老马站在一起。货车老板想用这匹老马换走克劳迪，他同意再补偿给牧场老板三美元，交易达成，于是，那匹皮包骨头的老马被留在了小牧场。当克劳迪看到那些货车上的挽具被放在自己的背上，有那么几秒钟，它的心脏几乎都停止了跳动。它曾是一匹出色的牧牛马，一匹威武的竞技马，一匹受人喜欢的骑乘马，而现在，背上却被套上了一副挽具，如同给一个牛仔递上一把铲子和干草叉，让它觉得是一种耻辱。

当那个长着胡子、皮肤黝黑的人往它身上套这些东西时，它气愤地喷了一下响鼻，可那个人根本不理它，只顾自己收拾拉车的东西，克劳迪继续喷喷响鼻，摇摇头，晃晃身子，表示反抗。

当一切收拾好后，那个人跳上车子，拿起马鞭，克劳迪又开始奋力挣扎起来，它向车轮上那个绑住自己的东西踢了几脚，又试图弓背跳起来，一心想逃开。但不论它如何挣扎，那副讨厌的挽具总是死死地贴在它的背上，更糟糕的是，它一挣扎，那个人的鞭子就会毫不留情地抽上来，并用力地扯它的嚼子，很快，它就发现一切挣扎都是徒劳，只好左摇右晃地慢跑起来。

鞭子又落到它的侧腹上，它被迫拐进了一个小巷子。巷子尽头，有一间用老旧的木板搭成的棚屋，外面贴了一层从废油管上扒下来的铁皮。再往里面有一间条件更差的棚屋，那是克劳迪以后休息的地方。那个人一拉缰绳，让克劳迪停下，卸下挽具，把它牵到马槽边上，"砰"的一声，门关上了。

稍稍安静了一会儿后，克劳迪看见马槽里好像有什么东西，它想应该是干草，于是开始吃起来，但它很快就停住了——那些脏兮兮的草有好大一股霉味——是发了霉的稻草。克劳迪饿着肚子挨到天亮，好多次，它太饿了，也会把鼻子伸到马槽，希望能找到一些没有发霉的稻草来充饥，但它失望了。

新主人是个吝啬、狠心、精明的人，他从不肯买高价的好干草。

现在这些发霉的干稻草，还是先前的卖马人送的。他算计这些稻草至少能让这匹老马再活上半年，半年后，这匹老马虚弱得实在干不了活儿了，就领它到那个小牧场上去换一匹稍微能干活儿的马，并补偿给牧场主人几美元。他就这样一年年地压榨着换来的每一匹老马，直到它们奄奄一息。他用这种方法挣了几英亩（1英亩=4046.86平方米）土地。一半土地用来养鸡，每次他到镇上都会在货车上放一篮子鸡蛋，很快就卖光了。另一半土地用来种蔬菜，所以这里需要用马拉犁耕地，需要用马把蔬菜拉到镇上去卖。空闲时他还会去镇上找些零活儿，把马和货车租出去，多赚几美元。

第二天天刚亮，那个人就走进了马棚，他瞟一眼马槽，发现那些稻草丝毫未动，他咧开嘴满不在乎地说："哼，你以后一定会吃的。"

这一天，克劳迪接触了许多不同的工具，干了好些不同的活儿，所有这些它都很陌生，不停地拉这样，拉那样，或者拉着犁在地里来来回回地走。只要它稍微慢一点儿，或者有时不知该干什么迟疑一下，鞭子立即会无情地抽到它的背上。它一时无法适应新生活，吊在身上的那些带子似乎把它也紧紧地缠起来了。一天下来，它筋疲力尽，马槽里却只有一点发霉的干稻草，所有这些都让这匹老马的心开始慢慢地死去。

日子一天天熬过去了，几周以后，每天的活儿还是压得克劳迪喘不过气来，它的意志渐渐变得消沉，思维和感觉也都变得麻木起来——面对鞭子的虐待，它已经没有了恨的感觉。而那些发霉的干稻草，它也会慢慢地嚼完，却不知道是什么味道。可怜的克劳迪完全被虐待成一具没有灵魂的躯壳了。

新主人到镇上去干零活儿是它最向往的事。每年初秋，将要举行竞技赛和庆祝活动的组织机构会找他张贴海报，这个人不仅能得到工资，还顺路干点私活儿。这一年初秋，这样的好事又开始了，他装了满满一车蔬菜，走进大街小巷，四处奔跑，一边贴海报，一边努力卖蔬菜，整整一天，一刻也不停，即使是车上的蔬菜很多、很重，他也会用鞭子逼着这匹老马快点走。直到深夜，他才会让筋疲力尽的克劳迪拉着车子往回走。克劳迪累得半死，新主人却觉得这样的一天特带劲儿，因为他既能赚钱又能看到镇上的热闹。这段日子，镇上吸引来好多外地人，他们有的是来看比赛的，有的是来参赛的，还有好多从北方各州来的买牛的商人。他们会把卡萨格兰德宾馆住得满满的。

一天清晨，两个来买牛的商人坐在宾馆大厅里，闲聊着赛事。他们对面的人行道边的墙上贴着一张醒目的海报，上面是一匹灰色的竞技马，配有文字——"论野性和腾跳能力"，这匹杰出的竞技马，就是"灰美洲狮"，是唯一能与曾经闻名遐迩的"暴烈、难以驾驭"的"美洲狮"相媲美的马。

这时候，一辆装满蔬菜的货车停在了那根电线杆旁边，拉货车的是一匹灰褐色、四肢僵直的老马，它跟海报上的"灰美洲狮"形成了鲜明的对比。大厅里的一个商人笑起来，指着那匹拉货车的老马给另一个人说："克林特，你看它，那应该是那匹老'美洲狮'吧，至少它们的毛完全是一样的。"

那个叫克林特的商人笑了起来，同时向那匹拉车的老马望过去，他越看笑容越淡，很快他脸上的笑容完全消失了，他看到了那匹马背上的马鞍印子，注意到这匹老马当前的境况，他对同伴说："你还别说，或许它以前也是一样很难骑，现在，唉……"

"是呀，"另一个人说，"这匹老马能忍受这样的折磨，太不可思议了，那个在竞技场里转悠的动物保护协会的人怎么就没看见这番场景呢，我真恨不得打那个马主人一顿——他真是个混蛋。"

过了一会儿，两人看见一个长着长胡子的人提着一个空篮子从宾馆里走出来，爬上对面那辆货车，又挥舞着长鞭，强迫着那匹老马快步走起来。

克林特见到鞭子落在马身上，就要站起来，他的朋友抓住了他的胳膊说："别激动，老兄，动物保护协会的人会惩罚那个狠心的家伙的。"

克林特坐了下来，但是他怒火中烧。虽然谈话还在继续，但他显得非常郁闷，而且时时显得心不在焉，他的朋友于是转移话题："据说摇R牧场明年要被卖掉，是怎么回事？"

"我想，这是老汤姆的英明决定。因为他还有好多小牧场，简直有些忙不过来，尤其是摇R牧场已经不比从前了，它简直难以维持下去了……"说着话，克林特又有了笑容。

"那摇R牧场卖掉后你准备做什么？这些年你不是几次离开摇R牧场，最后又还是回到那个牧场吗？好像你只适合待在摇R牧场一样。"

"我已经打算好了，"克林特对这个话题很感兴趣，"我记得我在摇R牧场驯马的那个地方，我恳求老汤姆把它卖给我了，附带周围方圆四百英亩的原野。只要我把这一车牛运送回北方，我就有钱去买牧场了，不仅如此，还能剩下不少钱。我会买几头牛来养……"克林特越说越高兴，因为他的梦想即将实现，事业即将成功。

竞技赛的最后一天晚上，克林特即将带着他买的一车牛回北方去卖。那天傍晚，他正在宾馆大厅与朋友聊天，那个拉货车的老马又出现在了对面马路边的电线杆旁，克林特很快就看见了那匹老马，他与朋友的谈话不知不觉停了下来。他陷入沉思中：那匹老马的身影仿佛在诉说着它曾经的辉煌，又似乎在展示着它无尽的沧桑。如果不遭虐待，并能得到很好的照料，说不定它还能重获新生……在这样的沉思中，克林特感到某种模糊的东西从遥远的记忆深处浮现出来，看着对面那匹可怜的老马，他的这份记忆越来越清晰了，他觉得这匹马太像斯摩奇了。

这时，卖菜人又坐上了马车，习惯性地扬起了鞭子，克林特突然站了起来。朋友不想让他冲出去，便转移他的注意力，问他："那匹叫斯摩奇的马……"可是已经太晚了，"砰"的一声门响，克林特快步出了宾馆，一眨眼，他已经出现在马车边。克林特一把揪住车上那个呆若木鸡的卖菜人，将他拖到地上……

警察局接到报警说，卡萨格兰德宾馆旁，有人用马鞭抽打人。警察局长马上到了现场，他一眼就明白了发生的事，但是他非常老练，还在环顾四周，找寻发生冲突的起因。局长也懂得马，当他看到那匹瘦得皮包骨的老马身上那些鞭子抽打的印痕，内心里已经不知不觉地站到了打人的克林特这边，看了一会儿，他笑了起来。"我说这位牛仔，"局长终于发话了，"别把那个人打坏了哟，你知道我们要把他登记在案的，我可不想到时无法登记，还得去查他是谁。"

克林特听到声音，转身看了一眼面带微笑的警察局长，然后又转过身将鞭子在那菜贩子的头顶上折断，他拍拍手走过去，将那匹老马从旧货车上解了下来。

那天傍晚剩下的时间，他们全都用来做调查了。警察局长找到那

个养马卖鸡饲料的人，从他那里了解到那个菜贩子的人品，以及他虐待马的种种恶劣行为，这些证据足够让他蹲上几年监狱了。警察局长说："我很高兴抓住了这个坏家伙。"

他们又前往养马房做调查，养马房老板热情地谈起了他所知道的那匹灰褐色的老马当年作为"美洲狮"的辉煌过往。克林特已经认出了这匹老马就是自己多年苦苦寻觅的斯摩奇，他又是激动，又是自豪，同时，又是纳闷儿——斯摩奇怎么会变成这样一匹马呢？

养马房老板也答不出来，他还是第一次听说那匹马从前不是那样"暴烈、难以驾驭"。他又向克林特和局长讲了自己听到的"美洲狮"最初被发现时的那些传闻，调查就结束了。

那天晚上，装满了牛的火车喷着蒸汽，按原计划开往北方。最后一节车厢里，有个专门隔开的地方，那里放着一捆优质的干草、一桶水，还有一匹瘦弱不堪的灰褐色老马。如果说前几年的冬天这匹老马完全生活在地狱，那接下来这个冬天它就完全住进了天堂。

冬天的前半段，它在迷迷糊糊中就过去了。它没有想什么，甚至都没有看什么，它那颗衰老的心逐渐枯萎，只剩下一丁点本能的生命小火苗，似乎微风一吹就可能随时熄灭。克林特给这匹老马单独弄了个温暖舒适的马厩，食槽里放满了上好的干草，连地上都铺上了干草给它当床，马厩里还放了足够的水，随时都能喝到。克林特还花不少钱买了壮身药粉，一心想要把斯摩奇失去的生命挽救回来。

两个月快要过去了，斯摩奇的身体仍然没有起色，克林特也不放弃，只要能让老斯摩奇眼中重新出现一丝生气，让他做什么他都愿意——他甚至想在自己屋子里的火炉旁给它铺张床。当他将手放到这匹皮包骨头、满是皱纹的老马脖子上时，心中顿时涌起万分的痛与恨，千万次诅咒那些将斯摩奇折磨成这个样子的人，真想有机会狠狠地揍这些混蛋一顿。

克林特对斯摩奇的热爱之心不减，一如既往地精心照料着它，时不时为它的状况而担忧，这样过了好长时间，终有一天，克林特脸上露出了舒心的笑意，因为他注意到老斯摩奇的毛皮开始慢慢舒展开了。

又过了大约一周，它身上开始长肉了，终于有一天，斯摩奇的眼里闪过一丝光，开始对身边各种食物表现出兴趣了。马身上的毛越长越多，身体也慢慢强壮，视力也逐渐恢复，它对周围事物的兴趣越来越浓了，最后，它开始注意到了那个时时在自己身边走来走去照料着自己的人，那个时时抚摩着自己，对自己说话的人。老斯摩奇的身体恢复神速。

当春天来临的时候，克林特不用再为它担心了。白天越来越长，阳光好的时候，克林特会将斯摩奇带出去散步，促进它的血液循环。斯摩奇有时会在四周溜达几个小时，还会稍微跑远一点。不过，太阳落山时分，它总是会回到马厩门口。每当斯摩奇溜达时，克林特都会在附近关注着它，生怕它发生什么意外。有时候，克林特会陷入沉思，想起斯摩奇在这里从小到大的成长经历，猜想这匹马经历过这么多挫折与苦难，会不会记得这片自己生长的地方以及那些成长中的故事。

克林特最想知道的，是斯摩奇还记不记得自己。他梦想着哪天早上一打开马厩时会有一声嘶鸣迎接自己。日子一天天过去了，斯摩奇已经基本恢复了。它的全身都充满了活力，但克林特梦想的这一声嘶鸣却始终没有出现。

"肯定是有人深深地伤害了它的心。"克林特自言自语。

在一个暖融融的春日里，克林特在原野上遇上了一群野马。野马群里有几匹刚出生的小马驹，他知道老马都非常喜爱小马驹，心里忽然想出了一个好主意：让斯摩奇看看这些小马驹，可能会让它振作起来，说不定还会记起从前的故事呢。这样想着，他就把野马群往围栏里赶，当时斯摩奇正在外面溜达，远远地，它听到了马蹄声，抬起了头，看见了那些小马驹，突然飞奔起来，向着野马群的方向，加入了野马群。

克林特把这一群野马赶进了围栏，自己停在了围栏外。看着斯摩奇如何回到了它曾经熟悉的生活中。它在马群中热情地穿梭着，不时地避开其他野马的攻击，眼神里闪出了一种久违的光芒。

克林特觉得斯摩奇正在对那些小马驹微笑，自己也很惊奇老斯摩奇原来还能有这么好的精力和兴致，克林特露出开心的笑容，他美滋滋地想："看来它还能完全好起来，它也许还能活好多年呢，也许哪天它还会记起我呢！"

他一边想着，一边看着斯摩奇渐渐融入野马群中，他突然做出了一个决定——把斯摩奇放走，这对斯摩奇来说应该是最好的决定了！

克林特打开围栏，马群立刻冲了出去，斯摩奇还有些迟疑，一副很难取舍的神情。这时候，马群中有一匹马向它嘶鸣起来——是一匹小马驹，它正等着要和斯摩奇玩耍。斯摩奇终于转身迈开大步跑向马群，小马驹和斯摩奇肩并肩奔跑着，它不时地往斯摩奇腰上咬一口，蹦蹦跳跳，好高兴，两匹马也慢慢地赶上了野马群。

"斯摩奇复活了！"克林特骑着马，看着斯摩奇的背影随着马群消失在山的另一边，面带遗憾地自言自语，"不知道它还能不能记起我……"

夏天即将来临，原野上草木葱茏。一天清晨，天蒙蒙亮，克林特出去提水，头刚伸出门，突然听到了一声熟悉的嘶鸣，他抬头一看，惊讶得水桶都掉到地上了——前方不远处正站着那匹灰褐色的老马，它全身油光发亮，眼里闪烁着它当野马、当斯摩奇时的那种光芒。

斯摩奇的心复活了，完完全全地复活了！

群内回复"分类作文"，
可获取《小学语文·分类作文：写作不惧，方能翱翔于天际》音频资源。

图书在版编目（CIP）数据

牧牛小马斯摩奇 /（美）维尔·詹姆斯著；杨维芹
译. ——成都：四川人民出版社，2020.6
（国际大奖儿童文学）
ISBN 978-7-220-11593-6

Ⅰ. ①牧… Ⅱ. ①维… ②杨… Ⅲ. ①儿童小说-长
篇小说-美国-现代 Ⅳ. ①I712.84

中国版本图书馆 CIP 数据核字（2020）第 045058 号

MUNIU XIAOMA SIMOQI

牧牛小马斯摩奇

[美] 维尔·詹姆斯　著

杨维芹　译

出 版 人	黄立新
策划组稿	张明辉
出版融合统筹	张明辉　袁璐
责任编辑	唐婧
封面设计	象上设计
责任校对	王雪
责任印制	祝健

出版发行	四川人民出版社（成都槐树街 2 号）
网　址	http://www.scpph.com
E-mail	scrmcbs@sina.com
新浪微博	@四川人民出版社
微信公众号	四川人民出版社
发行部业务电话	（028）86259624　86259453
防盗版举报电话	（028）86259624
照　排	四川胜翔数码印务设计有限公司
印　刷	深圳市雅佳图印刷有限公司
成品尺寸	170mm×240mm　1/16
印　张	10
字　数	130 千
版　次	2020 年 6 月第 1 版
印　次	2020 年 6 月第 1 次印刷
书　号	ISBN 978-7-220-11593-6
定　价	29.80 元